KB103426

허균 씨, 홍길동전은 왜 쓰셨나요?

허균 씨, 홍길동전은 왜 쓰셨나요?

강영준 지음

창비

학교에서 문학을 가르친 지 20년이 되어 가는데도 '어떻게 하면 학생들이 고전을 쉽게 접하게 할 수 있을까?' 하는 고민은 여전히 저를 따라다닙니다.

요즘 청소년들은 우리 고전 소설에 큰 흥미를 느끼지 못합니다. 웹툰이나 유튜브 영상 등 재미있는 볼거리, 읽을거리가 넘쳐 나는 마당에 '고전 소설'은 따분하고 지루해 보이기 일쑤이겠지요. 게다가 어릴 때부터 접했던 『흥부전』, 『심청전』 같은 작품들은 우애나 효도를 강조하는 고리타분한 설교나 다름없다고 느끼는 모양입니다. 문학 수업 시간도 고전을 꺼리게 만드는 한 원인입니다. 낯선 옛 말투와 듣도 보도 못한 어휘로 가득한 고전 지문은 재미는커녕 시험 스트레스만 줄 뿐이겠지요.

고전 소설은 어느덧 암기해야 할 지식 덩어리로 전락해 버리고 말았습니다. 하지만 정작 고전 소설에서 배워야 할 것은 단편적인 지식이 아닙니다. 흔히 역사는 승자의 기록이라고들 하지요. 하지만 그것만으로 역사를 인식하는 게 과연 옳은 일일까요? 패자의 아픔과 상처까지 살펴야만 제대로 된 역사 인식이 이루어질 수 있습니다. 그런 이유로 우리는 약자를 위한 기록에 주목해야 합니다. 그렇다면 상실감에 빠진 사람들을 위로하는 따뜻한 공감의 말들은 대체 어디에 있는 것일까요? 바로 문학 작품 속에 고스란히 담겨 있습니다. 수양 대군이 어린 조카의 왕위를 빼앗았을 때, 상처 입은 자들을 위해 많은 시조가 지어졌던 것처럼 말이지요.

우리가 고전을 읽는 까닭은 승자의 역사가 빠뜨리거나 때로는 감추어 놓은 공감의 언어를 찾아 그 시대의 아픔과 상처, 저항과 울분, 풍자와 비판 의식 등 온갖 정서들을 온전히 느끼기 위함입니다. 훗날 역사서에는 일본군 '위안부' 할머니들이 단 한 줄로 기록되더라도, 시와 소설은 역사가 빠뜨린 감정들을 훌륭히 복원할 것입니다. 우리에게 고전은 자신을 이해하는 가장 좋은 단서로서 여전히 읽을 가치가 있습니다.

하지만 현실은 아쉽게도 많은 청소년이 고전 소설과 멀어지고 있는 상황입니다. 이런 문제의식은 자연스럽게 청소년이 고전을 좀 더 편하게 접하도록 하는 방법에 대한 고민으로 이어졌습니다. 개인적으로 중학생 딸아이가 재미있게 읽을 수 있는 고전 소설 책을 마련해 주고 싶은 욕심도 있었습니다. 그래서 작품을 읽는 재미도 살리고, 작품 속에 숨겨진 의미도 보여 주는 방법을 고민했습니다.

　제일 먼저 떠오른 생각은 요즘처럼 바쁜 때에 고전 전체를 모두 읽히는 것은 무리겠다는 것이었습니다. 그렇다고 참고서처럼 요약된 줄거리만 읽게 할 수도 없었습니다. 고민 끝에 짧은 분량으로 소설을 다시 써 보기로 했습니다. 원고지 15~16매 분량으로 작품을 다시 써서 읽는 부담은 줄이되 원문의 대사를 적극적으로 살려서 한 편의 소설을 읽는 느낌을 주려고 노력했습니다.

　그다음에는 어떻게 하면 고전을 과거 속에 파묻힌 화석이 아니라 살아 있는 생명처럼 숨 쉬게 할 수 있을지를 고민했지요. 제가 찾은 방법은 작가나 작품 속 인물을 불러내어 인터뷰하는 것이었습니다. 인터뷰를 통해서 작품의 창작 의도나 역사적 배경은 물론 당시 민중들이 꿈꾸던 세계, 그들이 느꼈던 기쁨과 슬픔도 좀 더 구체적으로 이야기해 보았습니다.

　소설의 현장감을 높이기 위해 역사적인 사실들도 불러왔습니다. 소설의 배경이 되는 역사적 사건을 제시하여 작품에 대한 이해도를 높이고자 한 것입니다. 역사와 함께하면 『춘향전』을 단순한 사랑 이야기가 아니라 신분제로부터 벗어나려는 민중의 욕망을 충족해 주는 판타지로 읽을 수 있는 통찰력을 얻을 수 있습니다. 마찬가지로 『토끼전』도 지나친 욕심을 경계하거나 임금에게 충성하는 이야기가 아니라, 권력과 지배 계층을 비꼬고 풍자하는 작품으로 감상할 수 있습니다. 시대와 역사를 이해하면 작품의 의미가 더 넓고 깊게 와닿을 것입니다.

이 책을 쓰면서 가장 큰 고민거리는 수많은 고전 소설 중에서 어떤 작품을 소개할지 기준을 정하는 것이었습니다. 우선 우리 고전 소설 중에 청소년들이 반드시 읽어야 할 작품 위주로 선정했습니다. 되도록 각각의 시대를 대표할 만한 작가와 작품을 골랐고 주제도 편중되지 않도록 노력했습니다. 모두 조선 시대에 쓰인 작품들을 선택했는데, 소설이 조선 시대부터 본격적으로 창작된 데다 조선 시대의 정서는 지금 우리와 가장 비슷할 것이라는 생각 때문입니다. 고전이 현재의 우리를 비추는 거울이라면 그 거울이 너무 낡아서도 안 되니까요.

이 책은 각 장이 독립되어 있어서 어느 장부터 읽든 상관이 없습니다. 고전 소설이나 역사를 공부하다가 궁금증이 일어나면 그 부분만 따로 읽어도 좋습니다. 물론 처음부터 순서대로 읽는다면 고전 문학사의 흐름을 한눈에 파악할 수 있다는 장점이 있습니다. 함께 읽으면 좋을 작품들은 따로 추천해 두었으니 관심이 생긴다면 찾아보기 바랍니다. 아무쪼록 이 책이 고전 소설의 맛을 새롭게 느끼고, 우리 문학과 역사를 이해하는 작은 징검다리가 되길 간절히 소망합니다.

책을 쓰기까지 고마운 사람이 많습니다. 책을 기획할 때 여러 조언을 해 주었던 제자 김민호, 정우석을 비롯해 고전 소설을 함께 공부했던 학생들과, 바쁜 담임을 이해해 준 3학년 5반 학생들에게 가장 먼저 고마움을 전합니다. 그리고 부족한 원고를 좋게 평가해 준 심사 위원들과 큰 상까지 쥐어 주며 책으로 출간해 준 창비, 거친 원고를 예쁘게 편집해 준 김선아, 이현선 편집자께 고맙습니다. 책의 첫 독자인 사랑하는 아내

은주와 딸 서연, 지원, 자식 걱정으로 고생 많으신 어머니께도 늘 고맙습니다. 끝으로 한평생 정직하고 신실하게 사시다가 얼마 전 불의의 사고로 세상을 떠난, 존경하고 사랑하는 장모님께 이 책이 작은 기쁨이 되기를 진심으로 바랍니다.

2017년 여름
강영준

1부
작가와 함께 읽는
우리 고전

1
죽은 자의 영혼까지
사랑한 남자

「만복사저포기」

김시습
1435~1493

조선 전기의 학자로 호는 매월당이다. 단종을 위해 절개를 지킨 생육신의 한 사람이다. 어려서부터 시와 문장을 잘하여 신동으로 일컬어졌다. 한때 과거를 준비했으나 수양 대군이 단종을 폐위하고 왕위를 빼앗은 것을 보고 승려가 되어 일생을 떠돌았다. 경주 금오산에 들어가 소설집 『금오신화』 등을 남겼다.

소설의 시대를
열다—

조선 시대 최고의 천재는 누구일까요? 훈민정음을 만든 세종 대왕? 자격루를 만든 장영실? 책을 500권 가까이 썼다는 정약용? 모두 천재적인 분들입니다. 자신의 재능을 마음껏 발휘해서 뛰어난 업적을 남겼지요. 그런데 이분들 못지않은 천재성을 지닌 사람이 또 있습니다. 바로 우리나라 최초의 소설을 쓴 매월당 김시습입니다. 이전의 조선에는 존재하지 않던 새로운 이야기 형식을 만들어서 수많은 이들이 소설을 누리게 했으니 천재라고 일컫기에 부족함이 없는 분이지요. 하지만 김시습의 일생은 성공과는 거리가 멀었답니다. 소설을 살펴보면서 그의 어려웠던 생활도 느껴 보기 바랍니다.

김시습이 지은 우리나라 최초의 한문 소설집인 『금오신화』에는 총 다섯 편의 소설이 실려 있습니다. 「만복사저포기」, 「이생규장전」, 「용궁부연록」, 「취유부벽정기」, 「남염부주지」 이렇게 다섯 편입니다. 소설 제목이 조금 어려워 보이지요? 하지만 그 내용은 절에서 부처님과 윷놀이하기, 죽은 영혼과 사랑하기, 용궁을 다녀오거나 하늘의 선녀를 만난 이야기, 염라대왕을 만나 정치에 대해 토론하는 이야기 등 흥미진진한 것들입니다. 작품 속에서 사건은 남원, 평양, 경주 등 실제 우리나라 지역을 배경으로 일어나지만 내용 면에서는 판타지적인 요소가 많습니다. 물론 철학적인 깊이도 있고 현실에 대한 인식도 진지하게 담겨 있지요. 구우가 지은 중국의 『전등신화』 등 이전의 소설들이 전기적 사실을 바탕으로 한 흥미 위주의 이야기에 그친 것에 비해 김시습의 소설은 철학적 사색을 담았다는 점에서, 그리고 주제 의식이 깊이 있게 표현되었다는 점에서 뛰어났습니다.

『금오신화』의 수록작 중 「만복사저포기」를 함께 감상해 보겠습니다. 만복사는 전라도 남원에 있던 절의 이름이고 저포는 주사위로 승패를 가르는 전통 놀이를 가리키죠. 귀신이 나오는 이야기라서 고전 소설이라 해도 고리타분하거나 지루하지는 않을 겁니다. ●

「만복사저포기」

전라도 남원에 양생이라는 사람이 살았다. 그는 부모님을 일찍 여의고 장가도 들지 않은 채 만복사 동쪽에서 외롭게 지내고 있었다. 양생은 달빛이 그윽한 밤이면 배나무 아래를 서성거리며 자신의 외로운 처지를 시로 읊고는 했다.

한 그루 배꽃 나무, 외로움을 함께하는구나
불쌍하다, 달 밝은 이 밤을 그냥 보내고 있다니
젊은이 홀로 누운 외로운 창가에
어디서 아름다운 임이 피리를 불어 보낼까
물총새 쌍을 이루지 못해 외롭게 날고
원앙새도 짝을 잃고 물에서 홀로 지내는구나

그러던 어느 날 양생이 시를 다 읊고 나자 갑자기 공중에서 소리가 들려왔다.

"그대가 아름다운 배필을 얻고 싶다면 어찌 이루어지지 않겠는가?"

이 소리를 듣고 양생은 짝을 만날지도 모른다는 기대에 마음이 한껏 설렜다. 마침 그 이튿날은 마을 사람들이 만복사에 등불을 밝히고 소원을 비는 날이었다. 양생은 사람들이 모두 돌아가기를 기다린 후 부처님 앞에 나아가 저포를 꺼내 던지며 소원을 빌었다.

"제가 오늘 부처님을 모시고 저포 놀이°를 하고자 합니다. 제가 지면 부처님 앞에 법연°°을 베풀어 치성을 드리겠습니다. 부처님께서 지시면 제게 좋은 배필을 만날 기회를 주십시오."

마침내 저포 놀이에서 이긴 양생은 불좌°°° 뒤에 숨어서 약속이 이루어지길 기다렸다. 얼마 후 정말로 한 여인이 시녀와 함께 나타났다. 선녀처럼 아름다운 그 여인은 열대여섯 살 정도로 보였는데 부처님께 세 번 절하고 꿇어앉았더니 구슬프게 울기 시작했다. 양생은 불좌 뒤에서 여인의 모습을 몰래 지켜보았다. 이윽고 여인은 품속에서 부처님께 바칠 축원문°°°°을 꺼내었다. 그 내용은 다음과 같았다.

- ° 저포 놀이 백제 시대 놀이의 한 가지로 윷놀이와 유사하다. 나무로 만든 주사위를 던져 승부를 가렸다.
- °° 법연 불교의 가르침을 전하는 자리.
- °°° 불좌 부처님을 모신 자리.
- °°°° 축원문 소원 성취를 바라는 내용의 글.

'아무 고을 아무 지역에 사는 아무개가 아룁니다. 몇 해 전 변방의 방비가 허술한 틈을 타 왜구들이 쳐들어와서 백성들을 죽이고 유린할 때, 사람들은 뿔뿔이 흩어져 도망가기에 바빴습니다. 저는 냇버들처럼 연약한 몸으로 멀리 도망칠 수가 없어 규방 깊숙한 곳에 숨어 끝까지 정절을 지킬 수 있었습니다. 부모님은 딸자식이 정절을 지킨 것을 기특하게 여기시며 저를 사람들이 살지 않는 외진 곳으로 옮겨 살게 했지요. 그때부터 저는 사람들과 떨어져 지냈고 이제 삼 년이란 세월이 흘렀습니다. 하지만 인적 없는 빈 골짜기에서 홀로 지내다 보니 사무치는 외로움에 너무나 마음이 고통스럽습니다. 부처님! 만약 저에게 운명의 인연이 있다면 어서 빨리 만나 즐거움을 누릴 수 있게 해 주십시오. 간절히 바라옵나이다.'

여인은 부처님께 빌기를 마치고 여러 번 흐느껴 울었다. 양생은 그런 여인의 모습을 보고 마음을 걷잡을 수 없어서 뛰쳐나왔다.

"그대는 누구인데 홀로 이곳에 와서 글을 올리는 거요?"

"소녀 역시 사람입니다. 그대는 아름다운 배필을 원하지 않으셨나요? 저와 좋은 인연을 맺어 주시길 간절히 바랍니다."

그날 밤, 두 사람은 서로 인연을 맺고 즐거운 시간을 보냈다.

다음 날 여인은 양생을 자신의 거처가 있는 개령동으로 데려갔다. 그런데 길을 가는 동안 사람들은 양생만 알아볼 뿐, 여인의 존재는 전혀 알아채지 못하는 눈치였다. 여인이 데려간 개령동은 다북쑥이 들을 덮고 가시나무가 하늘로 치솟은 외딴 곳이었다. 이상하게도 그곳에 있는 모든 물건은 하나같이 이 세상 것이 아니었다.

두 사람은 그곳에 머물며 서로에게 깊이 정이 들었다. 그곳의 즐거움은 인간 세상과 다르지 않았다. 하지만 사흘이 지나자 여인이 갑자기 말했다.

"이곳의 사흘은 인간 세상의 삼 년과 마찬가지입니다. 낭군님은 집으로 가서서 생업을 돌보셔야지요."

양생이 깊은 아쉬움을 표하자 여인은 은그릇 하나를 건네주며 다음 날 보련사에서 자기 부모가 사람들에게 음식을 베풀 것이라고 했다. 그러니 은그릇을 들고 기다리면 그곳에서 다시 만날 수 있다고 약속했다.

이튿날 양생은 여인의 말대로 보련사로 가는 길목에서 은그릇을 들고 여인을 기다렸다. 그런데 여인은 나타나지 않고 그 대신 죽은 딸의 제사를 치르려는 어느 귀족의 행렬이 나타났다. 그런데 그 집안의 하인 중 하나가 양생이 들고 있는 은그릇을 보더니 깜짝 놀라 그것이 자기 집안의 죽은 아가씨의 것이라고 주인에게 고했다.

일행에게 붙들려 온 양생은 그동안 일어난 일을 자세하게 이야기해 주었다. 그러자 여인의 아버지가 한참 후에 말했다.

"내게는 딸아이가 하나 있었는데 왜구가 침입하여 난리가 났을 때 적에게 죽임을 당했다네. 미처 장례도 치르지 못해 개령사 골짜기에 임시로 묻어 주었지. 오늘이 제삿날이 되어 저승길을 추도하려고 한다네. 자네는 딸아이와 약속한 대로 이곳에서 기다렸다가 함께 오게. 부디 놀라지 말게나."

약속한 시간에 여인을 다시 만난 양생은 여인과 제삿밥을 나누어 먹으며 함께 시간을 보냈다. 한밤중이 되자 여인은 주어진 운명을 피할 수 없어 저승길로 떠나야 한다는 말을 남기고 어쩔 줄 몰라 당황하는 양생과 영영 이별했다. 여인을 떠나보낸 뒤 양생과 여인의 부모는 슬픔을 이기지 못한 채 서로 얼굴을 맞대고 울었다.

이튿날 양생은 고기와 술을 마련해서 여인과 함께 지냈던 개령동을 찾아갔다. 과연 그곳에는 시체를 임시로 묻어 둔 흔적이 있었다. 양생은 자기가 가진 모든 재산을 팔아 여인의 장례를 치르며 슬피 울었다. 양생은 여인을 위한 제문*을 지어 여인의 넋을 위로하였다.

'아아, 그대는 나면서부터 온순하였고 아름다웠소. 난리를 겪으면서도 온전히 몸을 지켰거늘 왜구를 만나 목숨을 잃었구려. 쑥 덤불 속에 몸을 의지해 홀로 지내면서 얼마나 마음이 상하였을까. 지난번 우연히 당신을 만나 마음이 통했으니 비록 저승과 이승이 나누어진 것을 알면서도 물과 고기가 만난 것처럼 즐거웠소. 그대의 성품은 총명하고 그대의 기운은 맑았으니 혼령이야 어찌 없어지리. 맑은 향기 풍기면서 내 곁에 머물리라.'

양생은 슬픔에 겨워 사흘 저녁을 계속해서 제를 올렸다. 그러자 하늘에서 여인의 목소리가 들려왔다. 자신은 이미 다른 나라에서 남자의 몸

• 제문 제사를 지낼 때 죽은 이를 애도하며 읽는 글.

으로 태어났으니 양생도 이승에서 참된 도를 닦으며 삶의 고통에서 벗어나라고 일러 주는 목소리였다.

양생은 그 뒤로 다시 장가를 들지 않고 지리산에 들어가 약초를 캐다 어느 사이에 종적을 감추었다. ●

폐위된 임금의 충신, 김시습

지조를 지키며 세상을 떠돌다

고 기자● 저는 지금 남원 만복사지에 와 있습니다. 절은 모두 사라지고 절터만 남았는데요, 저기 오래된 나무가 한 그루 서 있는데 마치 저 나무 곁에서 양생이 외로움을 시로 표현하고 있는 것 같습니다.

제 옆에는 「만복사저포기」의 작가 김시습 선생님이 나와 계십니다. 어렸을 때부터 선생님은 천재라고 소문이 자자했다면서요?

김시습● 부끄럽고 쑥스럽네요. 저는 세 살 때부터 외할아버지께 글자를 배웠습니다. 그때부터 시를 짓기 시작했어요. 한번은 저를 돌봐 주던 유모가 맷돌을 가는 것을 보고 시를 지었는데 그 이야기가 온 동네에 떠돌다가 궁궐에까지 알려져서 세종의 부름을 받았어요. 그때가 다섯 살이었는데 임금께서 제가 시를 짓는 것을 보고 아주 귀여워하셨습니다. 앞으로 열심히 학문을 닦으면 훗날 신하로 쓰겠다고 약속하시면서 상으로 비단 50필까지 내려 주셨죠.

고 기자● 저도 그 이야기를 들었습니다. 비단 50필을 허리에 묶어서 궁궐을 나가셨다는 일화도 들었죠. 그런데 그런 약속까지 받은 선생님께서 어째서 관직 생활을 하지 않으셨나요?

김시습 ● 제가 삼각산 중흥사에서 열심히 공부를 하고 있던 때였습니다. 이미 세종께서 돌아가셨고 뒤를 이은 문종도 돌아가신 후에 어린 단종께서 보위에 계셨습니다. 그런데 탐욕스러운 수양 대군이 어린 임금을 내몰고 스스로 왕위에 오르는 일이 벌어졌습니다. 그때 제 나이가 스물한 살이었죠. 저는 그 소식을 듣자마자 너무도 슬픈 나머지 하던 공부를 접고 보던 책들도 모두 불태워 버렸습니다. 그때부터 저에게 과거 공부는 아무 의미가 없었죠.

고기자 ● 저런, 안타깝습니다. 선생님 같은 인재께서 조선을 위해 할 일이 많으셨을 텐데요. 훗날을 생각해서 과거에 급제하고 정계에 진출했다면 어지러운 정치 질서를 바로잡을 기회가 있지 않았을까요?

김시습 ● 저는 유학을 배운 사람으로서 임금과 신하가 자기 자리를 반드시 지켜야 한다고 봐요. 신하는 임금을 도와서 정치를 하는 사람인데, 임금의 자리를 욕심내서는 안 되지요. 수양 대군은 그것을 어긴 사람입니다. 아무리 단종이 어린 조카라고 해도 임금은 임금이니 충성을 다해야 했는데……. 끝내 죽이기까지 했으니 잔인무도하기가 이를 데 없었죠. 그런 사람을 왕으로 섬기며 신하로 지낼 수는 없었습니다.

고기자 ● 감정이 다시 북받치시나 봐요. 그날 일을 떠올리면 마음이 많이 불편하시겠어요.

김시습 ● 네. 정말 사람으로서 절대로 해서는 안 되는 일을 수양 대군이 저질렀습니다. 게다가 저는 세종께 은혜를 입은 일이 있는데 어떻게 단종을 배신할 수 있겠어요. 단종이 결국 수양 대군에게 죽임을 당했을 때 저는 참을 수 없는 분노를 느꼈습니다. 그래서 머리를 깎고 불도를 닦게 되었지요. 속세를 떠나 참된 도를 깨우치고 싶었습니다.

고기자 • 그런 선생님의 삶이 작품에도 영향을 주었겠는데요?

김시습 • 사실 저는 수양 대군이 왕위를 빼앗은 일을 어떻게든 비판하고 싶었어요. 하지만 아무리 제가 강심장이라고 해도 그런 글을 대놓고 쓸 수는 없었지요. 그래서 소설을 통해 에둘러 제 생각을 표현하고자 했습니다.

고기자 • 그러고 보니 「만복사저포기」에 나오는 인물들의 삶이 선생님의 삶과 무관하지 않은 것 같네요. 여인은 왜구들이 난리를 칠 때에 정절을 지키려고 목숨을 잃었는데, 그것은 왕위를 찬탈한 세조에게 굴복하지 않고 지조를 지키려다 목숨을 잃은 선비들과 닮았습니다. 양생도 다시 장가들지 않고 여인에 대한 의리를 지키며 살았는데 그 모습은 선생님의 삶과 비슷해 보입니다. 그러니까 죽은 영혼을 사랑했던 양생은 폐위된 임금께 충성을 다하려던 선생님 모습이라고도 할 수 있겠는데요?

김시습 • 작품이 창작된 시대 상황을 생각하면서 읽으면 그렇게 볼 수도 있지요. 하지만 순수한 사랑 이야기로 읽으셔도 무방합니다. 제 손에서 떠난 작품이니 감상은 독자들의 몫이죠.

작품 속에 세계관을 담다

고 기자● 저는 작품을 감상하면서 양생이 참 불쌍하게 느껴졌는데요. 죽은 여인은 한을 풀었지만 양생은 억울하지 않았을까요? 평생 여인을 그리워하며 살았을 텐데요.

김시습● 그럴 겁니다. 사실 여인은 원귀에 가깝지요. 원귀는 원통하게 죽어 한을 품고 있는 귀신입니다. 우리나라에서는 사람이 죽으면 이승에서 저승으로 간다고 하지 않습니까? 그런데 이승에서 물에 빠져 죽거나 결혼을 못 하고 죽거나, 굶주려 죽었다면 그 영혼은 저승으로 가지 못한 채 세상을 떠도는 원귀가 되죠. 이것들은 가끔 인간 세상에 내려와 훼방을 놓습니다. 맺힌 한이 풀리기 전에는 저승으로 가지 않죠. 그래서 넋을 달래는 굿판이 종종 벌어지잖아요. 결혼을 못 하고 죽은 영혼들끼리 결혼시키는 굿판을 벌이기도 하고요. 이렇게 보면 「만복사저포기」의 양생은 죽은 여인의 넋을 위로해 주는 무당 같은 존재라고도 할 수 있죠.

고 기자● 그렇다면 이 작품은 토속적인 신앙을 바탕으로 지어진 건가요? 세상을 이승과 저승으로 구분하고 무당의 존재를 인정하는 건 우리 민간 신앙의 특징이잖아요?

김시습● 세상을 떠돌다 보니 우리나라 민간 신앙에 관심을 갖게 되었는데 그것이 소설 속에도 나타난 모양입니다.

고 기자● 그런데 제가 소설을 감상해 보니 불교적 색채도 눈에 띕니다. 절도 많이 나오고 부처님도 등장하고 말이죠. 불교에도 조예가 꽤 깊으셨나 봐요?

김시습 ● 저는 어릴 때부터 유학을 받아들였고 유학의 가르침을 따랐지만 부모님을 여읜 뒤, 절에서 공부하면서부터는 불교의 가르침에도 관심을 가졌습니다. 그중에서 가장 기억에 남는 것은, 생명이란 이 세상에서 죽는다고 끝나는 게 아니라 다른 세상에서 새롭게 다시 태어난다는 것이었어요. 아시다시피 이를 '윤회'라고 부르죠. 윤회에 따르면 돌아가신 제 부모님도 어디선가 다시 태어나셨을 거고, 단종께서도 새롭게 태어나셨겠지요. 불교의 윤회 사상은 상처받은 제 마음을 치유하는 데에 도움이 되었답니다.

고기자 ● 작품 마지막에 죽은 여인이 다른 세상에서 남자로 태어난 것도 윤회라고 볼 수 있겠네요. 한 편의 소설 속에 유교, 토속 신앙, 불교까지 녹아들어 있군요. 결국 작품 속 두 주인공은 선생님의 인생관과 세계관이 반영된 인물이라고 할 수 있겠고요.

김시습 ● 제가 봐도 양생은 저와 참 많이 닮았습니다. 어릴 때 부모를 잃고 외롭게 자란 점이나, 의리를 지키려고 속세와 인연을 끊은 점이 비슷하죠. 쓰다 보니 제 분신처럼 되었네요. ●

계유정난, 사육신과 생육신

1450년에 세종이 세상을 떠난 뒤 큰아들 문종이 왕위를 이어받았습니다. 학문을 좋아하고 덕이 많았던 문종은 세자로 지내는 삼십 년 동안 많은 업적을 남겼습니다. 측우기를 발명하고 역사서를 편찬하고 병법을 정비했습니다. 또한 언론을 활성화해 백성들의 생각을 파악하는 데 힘썼습니다. 세종이 병상에 눕자 팔 년 동안 나랏일을 직접 돌보기도 했지요. 하지만 문종은 어릴 때부터 몸이 약했고 세자 시절 너무 많은 업무를 보았던 탓인지 건강이 급속도로 나빠졌습니다. 결국 왕이 된 지 겨우 이 년 만에 서른아홉의 나이로 눈을 감았습니다. 그때 문종의 뒤를 이을 왕세자는 고작 열두 살밖에 안 되었죠.

문종은 스스로 오래 살지 못할 것을 느끼고 세상을 떠나기 전, 김종서와 같은 대신들에게 왕세자를 잘 보살펴 달라고 당부했습니다. 문종의 사후 김종서는 어린 임금인 단종을 대신해서 정치를 펼쳤습니다. 그런데 임금 대신 신하들이 권력을 잡자 불만을 가진 사람들이 생겨났습니다. 그중 대표적인 사람이 바로 단종의 삼촌인 수양 대군이었습니다.

수양 대군은 세종의 아들답게 어린 시절부터 영특했으며 무예도 출중했습니다. 권력에 대한 욕심도 커 자신만의 세력을 이루고 있었습니다. 수양 대군은 김종서 같은 신하들이 임금보다 더 큰 권력을 쥐고 있다며 불만을 가졌습니다. 그리고 약해진 왕권을 회복한다는 명분으로 비밀리에 큰일을 치를 준비를 합니다. 전국 각지에서 책략가와 무인들을 몰래 모았는데 그중에는 한명회도 있었습니다.

1453년, 마침내 한명회의 주도 아래 거사가 시작되었습니다. 수양 대군 일파는 제일 먼저 좌의정 김종서의 집을 습격해서 그와 그의 두 아들들을 살해했지요. 김종서는 철퇴를 맞고도 정신을 차려 궁궐로 들어가려 했지만 수양 대군 일파에게 끝내 살해당하고 말았습니다. 김종서를 죽인 수양 대군 일행은 곧바로 궁궐로 들어가 어린 임금에게 김종서가 모반을 일으켜 죽였으며 너무 갑작스러운 일이어서 뒤늦게 알렸다고 거짓을 고했습니다.

그러고 난 뒤, 임금의 명이라고 속여 조정의 대신들을 궁궐로 불러들였습니다. 아무런 의심 없이 궁궐로 들어오던 대신들은 철퇴를 맞고 차례차례 목숨을 잃었습니다. 수양 대군을 반대하고 김종서 편에 섰던 사람들은 대부분 이때 목숨을 잃게 됩니다. 이 사건이 바로 계유정난입니다. 평온하던 한양 땅이 피비린내 나는 살육의 땅으로 변했지요.

계유정난으로 수양 대군은 권력을 잡았고 단종은 그저 이름뿐인 불쌍한 왕이 됩니다. 그리고 얼마 후, 수양 대군은 아예 임금으로 즉위하지요. 우리가 세조라고 부르는 임금이 바로 수양 대군입니다. 세조는 의정

부서사제*를 폐지하는 등 강력한 왕이 되고자 했습니다. 그러나 그에 대한 반발도 만만치 않았습니다. 세종과 문종 시절에 집현전을 통해 정치에 진출한 사람들은 신하들의 말을 외면하고 여론을 무시하는 세조에 반발하여 단종 복위 운동을 펼쳤습니다. 이들은 명나라 사신을 맞이하는 자리에서 세조 일파를 제거하고 권력을 장악하려고 했습니다. 하지만 계획이 발각되면서 거사는 실패로 돌아갔습니다.

이 사건을 주도한 사람이 바로 성삼문, 박팽년, 하위지, 이개, 유성원, 유응부 등입니다. 우리가 흔히 '사육신'이라고 부르는 사람들이지요. 이들은 수레로 사지가 찢겨 죽는 형벌을 받았습니다. 단종도 유배지에서 쓸쓸히 죽음을 맞이하지요. 당시 단종 복위 운동에 참여했다가 처형당한 사람은 70여 명에 이르렀지만 이들만 사육신이라고 따로 부르는 것은 남효온이 사육신의 전기인 「육신전」을 쓰면서부터라고 전해집니다.

사육신과는 별도로 생육신은 사육신이 보여 준 충성스러운 마음을 따라 더 이상 관직에 오르지 않고 은둔하고자 했던 지식인들을 가리킵니다. 『금오신화』의 작가인 김시습을 비롯하여 남효온, 원호, 조려, 성담수, 이맹전 등이 그들입니다. 김시습은 울분을 참지 못하고 전국을 떠돌며 일생을 마쳤고, 이맹전은 대궐을 향한 자리에는 앉지도 않았다고 전해집니다. 조려는 낚시를 하며 일생을 보냈고 성담수는 자기 부모 묘 밑에서 살면서 한 번도 한양 땅을 가지 않았다고 하지요.

• 의정부서사제 조선 초기 국가 통치 체제의 하나로, 육조의 업무가 의정부를 거쳐 국왕에게 올라가게 한 제도. 왕권을 견제하는 역할을 했다.

이러한 역사적 사실을 참고하면 김시습이 일생을 방랑하면서 『금오신화』를 쓴 까닭을 조금은 이해할 수 있겠지요. ●

고 기자의 추천작

「이생규장전」 김시습의 『금오신화』에 실려 있는 또 다른 소설이다. 유교 사회에서 부모의 반대를 무릅쓰고 혼인을 하는 모습과, 홍건적이라는 외부 세력의 폭력에 맞서 사랑을 지켜 내려는 모습을 통해 자유로운 삶에 대한 지향을 그려 내고 있다. 인간 본성에 대한 작가의 긍정적 인식이 엿보인다.

2
첩의 아들 길동,
세상을 뒤집다

『홍길동전』

허 균
1569~1618

조선 선조와 광해군 때의 문인이자 정치가로 호는 교산이다. 선조 때 문과에
급제하여 형조 판서, 의정부 참판 등을 지냈다. 현실 비판적이고 이상주의적
이며 급진적인 사상 때문에 정치적인 적이 많았다. 특히 인목 대비 폐비를 강
력하게 주장하여 정적들의 원한을 샀으며 광해군 10년에 역모 사건에 연루
되어 죽음을 맞았다. 그가 남긴 「호민론」에는 혁명 사상이, 「유재론」에는 신
분 차별에 대한 비판 의식이 잘 담겨 있다.

서얼,
신분에 갇히다 —

　　　　　　　　조선은 일부일처제를 혼인 제도의 원칙으로 삼았습니다. 하지만 남자가 정식 아내가 아닌 첩을 두는 일은 가능했습니다. 처는 반드시 한 명이어야 했지만 첩은 여럿을 둘 수 있었죠. 그런 까닭에 양반들이 여종이나 기생을 첩으로 두는 일이 흔했습니다. 사대부들이 자기 아내에게는 정절을 요구하면서 정작 자신들은 빠져나갈 여지를 만들어 놓은 것이죠.

　사대부들의 이중적인 모습은 그렇다 치고 문제는 첩에게서 낳은 자식이었습니다. 이들의 신분은 매우 모호했지요. 어머니가 양반은 아니더라도 중인이나 상민 계층에 속하는 사람은 서자, 어머니가 기생이나 여종처럼 천인인 경우는 얼자라 불렀고, 둘을 묶어 서얼이라고 불렀습니다.

　양반의 자손이라 할 수도 없고, 아니라고 할 수도 없는 처지인 이들에게 조선은 매우 엄격했습니다. 서얼에게는 재산 상속권도 허락하지 않았고 관직에 오를 기회도 제한했습니다. 조선의 헌법『경국대전』에 따르면 서얼은 잡과나 무과 응시는 가능했지만 문과 응시는 금지되었습니다.

뛰어난 능력과 재주를 지닌 사람이 신분 때문에 그 능력을 발휘하지 못한다면 얼마나 국가적으로 낭비일까요? 또 개인적으로 원한이 얼마나 많이 쌓일까요? 『홍길동전』을 감상하면서 조선 시대 신분 차별의 폐해를 함께 생각해 봅시다. ●

『홍길동전』

조선 세종 시절에 어려서 과거에 급제한 뒤 이조 판서에 오른 홍 판서라는 재상이 있었다. 그에게는 두 아들이 있었는데 첫째는 부인 유씨에게서 낳은 인형이었고, 둘째는 계집종 춘섬에게서 얻은 길동이었다. 길동은 어려서부터 하나를 들으면 백을 깨달아 홍 판서의 애정이 각별했으나 근본이 천하여 집안의 종들에게까지 무시를 당하고는 했다.

어느 가을날 달밤이었다. 길동은 자신의 처지를 한스러워하며 뜰에 나가 검술을 익히고 있었다. 때마침 홍 판서가 달빛을 구경하다 길동을 보고 그 까닭을 물었다.

"밤이 깊도록 어째서 잠을 자지 않느냐?"

"마음이 서러워서 잠을 이루지 못하겠사옵니다. 하늘이 온갖 만물을 만들어 낼 때 오직 사람만이 귀하도록 한 것인데, 저의 몸은 귀하지 않으니 어찌 제대로 된 사람이라 하오리까? 진심으로 서러운 것은 아버지를 아버지라 부르지 못하고, 형을 형이라 부르지 못하는 것이옵니다."

"네 이놈! 재상집에서 천하게 태어난 게 어디 너 하나뿐이더냐! 어찌이토록 버릇없이 구는 것이냐. 앞으로 또다시 이런 말을 하면 절대로 용서하지 않겠다."

홍 판서의 말을 듣고 길동은 몹시 슬퍼하면서 어미 춘섬을 찾아가 이제 그만 집을 떠나고 싶다는 의중을 전했다.

그 무렵 길동을 시기 질투하던 자가 있었는데 바로 홍 판서의 첩 초란이었다. 초란은 자신에게는 아들이 없는데 춘섬은 길동을 낳아 기르자어떻게든 길동을 없애려고 혈안이 되어 있었다. 초란은 관상을 잘 보는여자를 불러들여서 길동을 없앨 계책을 만들었다.

관상녀는 마치 우연히 집에 들른 것처럼 홍 판서 집에 나타났다. 그러고는 홍 판서에게 길동이 왕이 될 관상을 타고난 인물이어서 앞으로 어른이 되면 자칫 집안에 끔찍한 일이 있을 것이라고 말했다. 나라에 이미임금이 있는데, 왕의 관상을 타고났다면 그것만으로도 역적이 될 수 있었다. 이 일로 홍 판서는 길동을 산속 정자에 홀로 머물게 하고 일거수일투족을 살폈다. 길동은 그곳에서 외로움을 이겨 보려고 육도삼략*과천문, 지리를 공부하며 시간을 보냈다.

초란은 왕의 관상을 지닌 길동을 죽여서 후환을 없애야 한다고 홍 판

• 육도삼략 중국의 대표적인 병법서 『육도』와 『삼략』을 아우르는 말.

서를 재촉했다. 하지만 그 뜻이 이루어지지 않자, 유씨 부인과 길동의 이복형 인형을 설득해서 특재라는 자객을 길동에게 보냈다.

산속에 홀로 머물던 길동은 갑자기 까마귀가 세 번 울고 가는 것을 괴이하게 여겨 둔갑술을 써서 숨은 뒤 조용히 주변을 살펴보았다. 날카로운 칼을 든 자객 특재가 방 안으로 들어오고 있었다. 길동은 순식간에 요술을 부려 특재의 칼을 빼앗아 그것으로 그의 목숨을 끊고 관상녀도 찾아 칼로 베어 버렸다. 길동은 이 모든 일을 초란이 꾸며 낸 것을 알고 초란도 죽이려 했으나 아버지 홍 판서가 평소 초란을 아끼는 것을 알기에 차마 죽이지 못했다. 집을 떠나기로 결심한 길동은 홍 판서의 방 앞에서 하직 인사를 하려 했다. 홍 판서는 길동이 온 것을 눈치채고 물었다.

"밤이 깊었는데 어찌 자지 않고 방황하느냐?"

"집안에 부정한 사람이 있어서 저를 죽이려 합니다. 겨우 목숨은 보전했으나 앞으로는 더 이상 상공을 뵈올 수 없어 하직을 고하려 합니다."

"아직 어린 네가 집을 버리고 어디로 가려느냐? 네가 품은 마음의 한을 짐작하고 있으니 오늘부터 아버지를 아버지라 부르고, 형을 형이라 불러도 되느니라."

길동은 아버지에게 인정을 받아 마음에 쌓인 한을 풀었으나 한번 먹은 마음은 돌이키기 어려웠다. 길동은 아버지의 만수무강을 빌며 마침내 길을 떠났다.

부모와 이별한 뒤 길동은 산속에서 도적 떼의 소굴을 발견했다. 마침 그날은 도적 떼의 두목을 뽑는 날이었다. 길동은 자신을 소개한 뒤, 무게가 천 근이 넘는 돌을 들어 올려 그들의 우두머리가 되었다. 길동은 도적 떼의 무리를 '활빈당'이라 이름 짓고, 앞으로는 아무렇게나 도적질하는 대신, 못된 벼슬아치들의 재물을 빼앗아 그것으로 굶주린 백성들을 돕겠다는 의로운 뜻을 세웠다.

길동이 이끄는 활빈당은 가장 먼저 탐관오리가 설쳐 대는 함경 감영에 쳐들어가 곡식과 무기 등을 빼앗았다. 하지만 만만치 않은 관군의 추격에 정체가 탄로 나 쫓기는 처지가 되고 말았다. 길동은 자신을 잡으려는 이들을 따돌리기 위해 일곱 개의 허수아비에 혼백을 불어넣었다. 그러자 일곱 명의 가짜 홍길동이 생겨났고 이들은 조선 팔도로 흩어졌다. 홍길동들은 팔도를 누비며 못된 벼슬아치나 양반의 재물을 빼앗고 관아의 창고를 열어 가난하고 굶주린 백성들을 도왔다.

홍길동이 여기저기서 나타나 세상이 혼란스러워지자 임금은 포도대장 이흡으로 하여금 길동을 잡으라는 명을 내렸다. 그러나 포도대장은 오히려 길동의 함정에 빠져 곤경에 처할 뿐이었다. 이후 길동은 관리의 행색으로 나타나거나 어사라고 속인 뒤, 탐관오리들을 혼쭐냈다. 길동의 속임수에 당한 관리들이 이러지도 저러지도 못하던 그때, 길동이 전임 이조 판서의 얼자라는 것이 알려졌다. 임금은 길동의 형, 인형을 관찰사로 임명한 뒤 길동을 잡아들이라 명했다. 인형은 길동으로 인해 가문이 위기에 빠졌다는 사실을 널리 알려 길동이 자수하도록 유도했다.

마침내 팔도에서 활약하던 길동이 하나둘씩 한양으로 잡혀 왔다. 그

『홍길동전』

러나 잡혀 온 여덟 명의 길동 중에 진짜 길동이 누구인지는 아무도 알지 못했다. 가짜 홍길동 사이에 섞여 있던 진짜 길동은 자신의 불운한 처지와 부패한 관리들의 모습을 낱낱이 밝힌 후 또다시 사라졌다.

그러던 어느 날, 길동은 자신에게 병조 판서의 벼슬을 내리면 스스로 잡히겠다는 방을 사대문에 써 붙였다. 나라에서는 길동이 사대문 안으로만 들어오면 무조건 죽이기로 계획을 세우지만 길동은 술법을 써서 또다시 함정을 벗어났다. 어떤 수로도 길동을 잡을 수 없자, 임금은 결국 길동의 요구대로 그를 병조 판서로 임명했다. 얼자인 길동이 마침내 벼슬에 오른 것이다. 드디어 길동은 임금 앞에 모습을 드러냈다.

"소신의 죄악이 지중하거늘, 도리어 큰 은혜를 베풀어 주셔서 평생 한을 풀고 돌아갑니다. 다시는 임금 앞에 나타나지 않을 것이니 부디 만수무강하소서."

말을 마친 뒤, 길동은 허공으로 솟구쳐 오르더니 구름에 싸여 사라졌다. 그 후 나라 안에는 길동의 소식이 다시 들려오지 않았고 임금도 길동을 잡아들이라는 명령을 거두었다.

길동은 조선을 떠나 남경으로 향하다가 율도국과 저도를 발견하고는 그중 저도로 들어가 집을 짓고 농업에 힘쓰며 무예와 병법을 익혔다. 하루는 길동이 화살에 바르는 약을 구하러 가다가 낙천 땅에서 백룡이라는 부자를 만났다. 백룡은 딸이 하나 있는데 광풍이 일어나던 날 온데간데없이 사라졌다고 하면서 자기 딸만 구해 준다면 재산의 반을 주고 사위로 삼겠노라고 말했다.

길동은 망탕산에서 화살에 바르는 약을 캐다가 요괴의 무리를 발견하고는 그것들을 모두 없애려고 했다. 그때였다. 문득 요괴의 무리 속에 있던 두 여인이 길동에게 나와 애걸하며 말했다.

"나리, 저희는 요괴가 아니라 사람입니다. 나리께서 저희들 목숨을 구해서 부디 인간 세상으로 다시 나가게 하소서."

길동은 두 사람을 구해 주었는데 알고 보니 그중 한 여인이 백룡의 딸이었다. 길동은 두 여인 모두를 부인으로 맞았다.

세월이 흘러 길동은 아버지 홍 판서가 돌아가실 것을 알고 조선으로 돌아갔다. 유씨 부인과 어머니 춘섬을 만나 못다 한 이야기를 나누고 아버지를 훌륭한 묘지에 모신 후 삼년상을 정성껏 치렀다.

삼년상을 마친 뒤, 길동은 영웅을 모아 무예를 익히며 농업에 힘썼다. 그러던 중 율도국의 새 임금이 사치와 향락에 빠져 백성을 돌보지 않는다는 소문이 들려왔다. 길동은 율도국을 치려고 마음먹고 스스로 선봉장이 되어 싸웠다. 율도국의 왕은 항복을 해 왔고 길동은 스스로 왕위에 올라 백성들을 안심시키고 덕으로 나라를 다스렸다. 왕이 되어 율도국을 다스린 지 삼십 년, 길동은 갑자기 병이 들어 세상을 떠났다. 이후 세자가 즉위하였고 율도국은 대대로 태평을 누렸다. ●

시대를 앞선 비운의 천재, 허균

서자들과 허물없이 어울리다

고 기자● 여기는 조금 전까지 살벌한 국문이 일어났던 궁궐 안입니다. 국문이 뭐냐고요? 잘못을 한 사람에게 죄를 묻고 자백을 받는 일이죠. 드라마나 영화를 보면 주리를 틀고, 빨갛게 달군 인두로 생살을 지지면서 죄인의 자백을 받는 장면이 나오잖아요. 바로 그것이 국문입니다. 누가 끌려왔냐고요? 바로 『홍길동전』의 지은이 허균 선생입니다.

지금은 잠시 국문이 중단되었고 허균 선생은 옥에 갇혀 있군요. 옥사정한테 막걸릿값을 치르고 간신히 인터뷰를 잡았습니다. 안녕하세요, 허균 선생님?

허균● 죽기 전에 인터뷰를 하다니, 하고 싶은 말이 많았는데 다행입니다. 이 모든 게 제 불찰입니다. 인목 대비*를 폐해야 한다는 주장만 하

• 인목 대비 선조의 첫째 부인이 죽고 새로 맞이한 왕후로 영창 대군을 낳았다. 광해군 즉위 후 인목 대비의 부친 김제남이 역모의 배후로 지목되면서 내쫓겼다가 인조반정으로 복권되었다.

지 않았더라면 모함받을 일은 없었을 텐데. 괜한 일에 휘말려 허무하게 삶이 끝나는군요.

고 기자● 선생님께서 광해군을 쫓아내려고 했다는 게 정말인가요? 선생님께서 사람을 시켜 '포악한 임금을 쫓아내려고 하남 대장군이 온다.'라는 내용의 벽서®를 붙였다고 하던데요? 현응민®®이 이미 자백했다고 들었어요. 외적이 쳐들어온다는 거짓 정보로 민심을 흉흉하게 했다는 말도 있고요.

허균● 천만에요. 모두 저를 모함하려는 무리들이 꾸며 낸 말입니다.

고 기자● 선생님은 평소에 불당에서 염불을 하고, 승려들과 자주 어울렸는데요, 공자 맹자를 섬기는 유학의 나라인 조선에서 사대부가 승려와 어울리는 것은 비난받아 마땅한 일이잖아요. 또 기생들과 어울리고 천민과 가까이 지내는 것도 다른 사대부들이 이해하기는 어려웠을 것 같아요.

허균● 제가 사찰에 찾아가기도 하고 기생과 어울린 것은 사실이에요. 그러나 결단코 유학의 가르침을 저버린 것은 아닙니다. 그리고 남녀 유별이 성인의 가르침이라고는 하나 남녀 간에 서로 이끌리는 것은 하늘이 내린 자연스러운 이치입니다. 어찌 성인이 하늘보다 더 높겠습니까? 기생과 어울린 것이 잘한 일은 아니지만 국문을 당할 만큼

● 벽서 벽에 써 붙인 글로 누군가를 비방하는 내용이나 드러내 놓고 말할 수 없는 내용 등을 담고 있다.
●● 현응민 허균의 외가 서얼로 당시 남대문에 한 장의 격문을 붙인 것으로 알려졌고 이를 빌미로 허균이 죽음에 이르게 된다.

잘못한 일도 아닙니다.

고 기자 ● 놀라운 말씀인걸요. 저는 선생님이 전형적인 사대부라고 생각했거든요. 선생님의 부친 허엽과 형 허성, 허봉은 높은 관직에 올랐던 분들이고, 누이 허난설헌도 문장이 뛰어난 분이잖아요. 그래서 선생님은 누구보다도 유교의 가르침을 철저히 따르고 욕망을 절제하며 사셨을 줄 알았어요. 그런데 지금 보니 아주 자유롭게 사셨군요.

허균 ● 자유롭게 사는 것이 잘못된 일은 아니잖아요? 저는 신분 때문에 사람들이 서로 어울리지 못하는 것은 말이 안 된다고 생각합니다.

고 기자 ● 그래서 서얼들과 스스럼없이 어울리셨군요. 하지만 그 일로 더 오해를 받으셨잖아요. 몇 해 전에 역모 자금을 마련하려고 강도 짓을 했던 일곱 명의 서자 중 한 명인 심우영이 선생님 제자라면서요.

허균 ● 제가 스승으로 섬긴 손곡 이달˙ 선생도 서자이지요. 물론 강도 짓을 하고 역모를 꾀한 이들은 천벌을 받아야 합니다. 하지만 서자들이 과거 시험도 보지 못하고 자신의 능력을 제대로 펼칠 수 없는 상황 또한 문제 아닌가요? 제가 서자들과 가까이 지낸 것은 그들의 안타까운 처지 때문이었지 역모에 가담하려고 한 것은 아니었어요. 조선이 처음 생길 때를 생각해 보세요. 나라의 기초를 닦은 삼봉 정도전˙˙이나 하륜˙˙˙도 모두 서얼입니다. 그런데 지금은 서얼이 자기 능력을 발휘할

˙ 이달 조선 중기의 뛰어난 시인으로 당나라 시풍으로 유명한 최경창, 백광훈과 함께 삼당시인이라 불렸다.

˙˙ 정도전 고려 말 신진 사대부로 이성계를 도와 조선을 개국하는 데 공헌한 인물.

˙˙˙ 하륜 조선 전기의 문신으로 태종을 도와 왕권 강화의 기틀을 마련했다.

수 없는 법을 만들어 놓았으니 어찌 통탄하지 않겠어요?

호민 홍길동, 세상을 바꾸다

고 기자● 『홍길동전』 이야기를 조금 해 보겠습니다. 가장 궁금한 것이, 길동은 어째서 아버지를 아버지라 부르지 못하는 건가요? 조선 시대 서얼들은 아버지도 제대로 부를 수 없었나요?

허균● 그건 길동의 어머니 때문입니다. 길동의 어머니는 양인이 아니라 여종, 그러니까 천민이에요. 조선 시대에는 여러 차례 법이 바뀌기는 했지만 대체로 자식은 어머니의 신분을 따랐습니다. 그러니 길동은 천한 신분일 수밖에 없었어요. 그래서 가족들도 그를 무시했고, 길동은 아버지를 아버지라고 부를 수 없었지요.

고 기자● 선생님은 서얼이 아닌데도 어째서 『홍길동전』 같은 소설을 쓰셨는지요?

허균● 저는 하늘이 사람을 낼 때, 귀한 집 자식이라고 재주를 넉넉하게 주고, 천한 집 자식이라고 재주를 적게 준다고 생각하지 않습니다. 옛날 어진 임금들은 도둑이나 창고지기를 인재로 쓰기도 했고 심지어 오랑캐 중에서 인재를 구하기도 했죠. 이웃 나라 중국만 봐도 신분을 가리지 않고 인재를 두루 등용합니다. 그런데 조선은 땅덩이도 작고 사람도 적은데 첩이 낳은 자식이라고 관직에 나설 기회를 주지 않으니 이것은 스스로 인재를 버리는 것이나 마찬가지입니다. 저는 진심으로 나라가 잘되기를 바라는 마음에서 서얼에게 기회를 주어야 한다고 생각합니다.

고기자 ● 방금 하신 말씀, 「유재론」에 나온 내용이 맞죠?

허균 ● 알아주시니 감사합니다. 제가 꼭 이야기하고 싶은 글이 하나 더 있습니다. 「호민론」이죠.

고기자 ● 무슨 내용인가요?

허균 ● 저는 백성에는 항민, 원민, 호민 이렇게 세 부류가 있다고 봅니다. 먼저 항민은 먹고사는 데에 얽매인 백성으로 자기 권리나 이익을 주장하지 못하는 사람들입니다. 두 번째 원민은 수탈을 당한다는 점에서는 항민과 같지만, 윗사람을 원망할 줄 알지요. 마지막으로 호민은 세력도 있고 재물도 넉넉한 백성입니다. 이들은 부당한 대우를 받거나 사회가 부조리하다고 느낄 때에는 적당한 시기를 봐서 떨쳐 일어나는 사람들입니다. 호민이 일어나면 원민이 저절로 모여들고 항민마저 일어서게 되어 마침내 혁명이 일어나게 되죠.

고기자 ● 호민은 현대 사회로 치자면 시민에 가깝겠네요. 시민도 정치권력의 잘못을 밝히고 필요하면 시위를 해 혁명을 이루니까요. 그러고 보니 『홍길동전』에도 이런 생각이 조금은 나타나 있는 것 같은데요.

허균 ● 제가 소설 마지막에 율도국 이야기를 넣은 것도 그런 까닭입니다. 본래 율도국에는 왕이 따로 있었는데 그가 정치를 잘못하자 홍길동이 그곳을 쳐서 왕을 끌어내리고 스스로 왕위에 올랐죠. 제아무리 왕이라도 정치를 잘못하면 얼마든지 바뀔 수 있는 겁니다.

고기자 ● 마지막으로 사소한 것이지만 한 가지 여쭐게요. 선생님은 서얼의 아픔을 잘 알고 계시는데, 어째서 홍길동마저 두 여인을 부인으로 삼게 하신 것인가요?

허균 ● 부인이 둘이지만 한 사람을 정실부인으로, 다른 한 사람을 첩으로 두게 하지는 않았어요. 두 사람 모두 부인으로 혼인하게 만들었죠. 애초에 첩을 두지 않으면 서얼이 생길 일도 없겠죠. 어느 부인에게서 자식을 얻었느냐에 따라 차별을 하지 않겠다는 의미로 받아들여 주세요. ●

칠서지옥 사건, 서얼들이 역모를 꾀하다?

조선 사회에서 서얼들은 관직에 나아갈 길이 막혀 있었습니다. 처음부터 그랬던 것은 아닙니다. 조선 건국을 주도했던 정도전이나, 연산군 시절 일등 공신에 오른 유자광 등은 서얼이었지만 신분의 문제없이 출세했으니까요. 그러나 성리학적인 질서가 확고해지면서 서얼들은 점차 신분의 제약을 받게 됩니다. 자식으로 인정받지도 못하고 사회적 활동에도 한계가 있던 서얼들은 억울함을 느끼는 동시에 기존 질서에 불만을 가졌을 것입니다. 그리고 그것이 어느 순간 폭발하게 되었죠. 일곱 명의 서자가 처형을 당한 칠서지옥 사건이 대표적입니다.

사건의 전말은 다음과 같습니다. 1613년 3월 어느 날, 서울과 부산을 오가며 장사하던 상인이 문경 새재에서 살해되고 은 수백 냥을 약탈당하는 강도 사건이 일어납니다. 이때 목숨을 잃은 상인의 노비가 도적의 뒤를 추적하여 포도청에 고발한 덕분에 범인들은 일망타진되었죠. 그런데 범인으로 붙들려 온 이들은 명문가의 서자들인 박응서, 박치의, 박치인, 서양갑, 심우영, 이경준, 허홍인이었습니다. 이들은 스스로를 죽림칠현* 혹은 강변칠우라고 부르면서 함께 어울렸는데 강도 사건이 일어나기 칠 년 전쯤 서얼의 사회 진출을 막는 법을 폐지해 달라는 상소를 올린 적도 있었습니다. 그러나 그 뜻이 받아들여지지 않자 불만을 품고 경기도 여주 강변에 무륜당**을 지어 놓고 공동생활을 하고 있었죠.

처음에 이 사건은 단순 형사 사건으로 처리되는 것 같았습니다. 사회에 불만을 품은 이들의 부도덕한 행위로 다루어졌죠. 그러나 먼저 잡혀와서 자백하던 박응서가 옥중에서 상소를 쓰면서 상황은 완전히 달라졌습니다. 박응서의 상소는 정말 놀랄 만한 것이었습니다. 도적질한 재물을 밑천으로 전국 각지에서 무사들을 끌어모아 대궐을 공격하여 광해군을 폐하고 영창 대군을 왕으로 추대할 역모를 구상하고 있다는 내용이었으니까요. 영창 대군은 광해군의 배다른 형제로, 후궁 소생인 광해군과 달리 선조와 인목 왕후 사이에서 태어난 왕자였습니다. 그러나 이미 광해군이 세자로 책봉된 뒤에 태어났기 때문에 왕이 될 수 없었죠.

박응서의 상소문은 세상을 발칵 뒤집어 놓았습니다. 영창 대군의 외할아버지 김제남은 역모의 수괴로 지목되어 죽음을 맞이했고, 그의 세 아들도 화를 피하지 못했습니다. 또한 선조로부터 영창 대군을 지켜 달라는 부탁을 받았던 대신들도 모두 옥에 갇히게 되었죠. 영의정 이덕형과 좌의정 이항복을 비롯한 서인들은 유배를 가거나 관직을 빼앗겼습

• 죽림칠현 '대나무 숲의 일곱 명의 현명한 사람'이라는 뜻으로, 본래는 중국의 위나라, 진나라 교체기에 정치에 등을 돌리고 술과 음악으로 세월을 보낸 사람들을 일컫는다.
•• 무륜당(無倫堂) '윤리가 없는 집'이란 뜻으로, 당대의 윤리인 적서 차별이 없는 집이라는 뜻으로 해석된다.

니다. 그리고 당시 여덟 살밖에 되지 않은 영창 대군은 강화도로 유배되었다가 이듬해에 끝내 살해당하고 말았습니다. 얼마 후 영창 대군의 어머니 인목 대비도 서궁으로 유폐되는 아픔을 겪게 되죠. 훗날 이 사건을 발단으로 광해군마저 왕위에서 쫓겨납니다. 사실 이 모든 일의 배경에는 반대파를 내쫓고 정권을 틀어쥐려는 세력이 있었습니다. 당시 정권을 잡고 있던 북인 계열의 이이첨 등이 자신들의 입맛에 맞게 사건을 왜곡했을 가능성이 높습니다.

일이 크게 확대된 것은 정치적 야욕을 지닌 이들 때문이었지만 사건의 발단은 서얼을 차별한 사회 구조에 있었습니다. 아버지를 아버지라 부르지 못하고 상속도 제대로 받지 못할 뿐더러 제사에도 참여할 수 없었던 이들의 울분은 말로 다할 수 없었을 것입니다. 홍길동처럼 세상을 크게 뒤엎고 싶은 생각도 들었겠죠.

일곱 서자의 꿈은 사라졌지만 서얼의 신분 상승 운동이 끝난 것은 아니었습니다. 조선 후기에 신분 제도의 벽이 조금씩 허물어지면서 서얼에게도 기회를 주어야 한다는 목소리가 더욱 거세어졌죠. 마침내 1777년 정조 1년 서얼들에게도 공식적으로 관직에 나아갈 길이 열립니다. 서얼 중에서 "뛰어난 재주를 지닌 선비"와 "나라에 쓰임이 될 만한 사람"을 임용하라는 '서류허통절목(庶流許通節目)'이 공표된 것입니다. 이를 계기로 왕립 도서관인 규장각의 검서관으로 서얼인 이덕무, 박제가, 유득공 등이 발탁될 수 있었지요. 규장각 검서관은 서책의 교정 등을 맡아보던 벼슬로 서얼 출신 학자들을 대우하기 위한 자리였습니다. 이들 규장각

학자들은 정책 연구를 통해 정조의 개혁 정치를 뒷받침하는 등 주요한 역할을 담당했습니다. 서얼들의 오랜 꿈이 비로소 실현된 것입니다. ●

고 기자의 추천작

『허생전』 조선 후기 실학자 박지원이 지은 소설로, 현실을 비판하고 이상향을 지향했다는 점이 『홍길동전』과 유사하다. 선구적인 안목을 지닌 주인공 허생이 등장해 사회의 기득권층을 적나라하게 비판한다. 특히 상공업의 발달이 더딘 조선의 현실과, 조선 후기 유행했던 북벌론에 담긴 허위의식을 통렬하게 비판하고 있다.

『전우치전』 작자 미상의 소설로 조선 후기에 창작된 것으로 추정된다. 의로운 인물이 등장해 현실의 모순을 비판하고 사회 변화를 꾀한다는 점에서 『홍길동전』과 유사하다. 하지만 『홍길동전』에 비해 구성이 미숙하고, 주인공 전우치가 수절 과부의 절개를 깨뜨린다거나 자기에게 피해를 준 인물에게 복수를 하는 등 도술을 개인적인 욕구나 재미를 위해서 사용하는 면은 아쉽다.

3
조선판 이산가족
상봉기

『최척전』

조 위 한
1567~1649

조선 중기의 문신으로 호는 현곡이다. 임진왜란 당시 의병장 김덕령을 따라
전쟁터에 나갔으며 이후 과거에 급제해 벼슬길에 올랐다. 양양 군수로 지내
던 중 이괄의 난이 일어나자 토벌에 참여하여 서울을 지켰고, 정묘호란과 병
자호란 때에도 출전하였다. 벼슬이 공조 참판에 이르렀고 글과 글씨에 뛰어
났다.

참혹한 상처를 남긴
네 번의 전란 ―

조선은 1392년에 세워진 후로 오랫동안 큰 전란을 겪지 않았습니다. 삼포 왜란, 을묘왜변 등 일부 지역에 왜구가 쳐들어온 적은 있지만 고려가 겪었던 여진족, 거란족, 몽골족의 침입처럼 전면적인 것은 아니었지요. 고려 말 왜구와 홍건적이 끊임없이 백성들을 괴롭히던 때와 비교하면 평화로운 시절이었습니다. 1592년 임진왜란이 일어나기 전까지 말입니다.

임진왜란의 피해는 상상할 수 없을 만큼 컸습니다. 200년의 평화 속에 있던 조선군이 오랜 내전으로 단련된 일본군을 막는 것은 역부족이었습니다. 특히 1597년 정유재란 때는 무고한 민간인마저 처참하게 살해당했습니다. 노예로 팔려 가거나 일본으로 끌려간 이들도 수없이 많았지요.

일본과의 전쟁이 끝난 후에도 조선에는 평화가 찾아오지 않았습니다. 중국 땅에서 벌어진 혼란에 휘말리게 되었기 때문입니다. 북쪽의 여진족이 명나라를 공격하자 조선도 명나라를 돕기 위해 군사를 파견했습니다. 그 이후에는 정묘호란(1627)과 병자호란(1636)이 연이어 일어났습니다.

조선은 50년도 안 되는 기간에 네 번의 큰 전란을 겪었습니다. 이 전쟁들은 우리 민족에게 막대한 물질적인 피해는 물론이고 심각한 정신적 상처를 남겼습니다. 그런 까닭에 전란 이후에 전쟁을 소재로 한 소설, 특히 영웅 소설이 많이 지어졌습니다. 허구를 통해서라도 전쟁에 승리해 정신적 보상을 얻으려는 심리가 작용한 것이지요. 『유충렬전』, 『임경업전』, 『임진록』 등 많은 영웅 소설이 인기를 끌었습니다.

그 가운데에는 전쟁의 참혹함과 가족의 붕괴, 나라를 떠나 이국땅을 떠돌던 실향민의 아픔을 사실적으로 그린 소설도 있었습니다. 바로 조위한의 『최척전』입니다. 소설을 감상하면서 그 시대의 역사적 상처를 되새겨 봅시다. ●

『최척전』

전라도 남원, 만복사 동쪽에 일찍이 어머니를 여의고 아버지와 외롭게 살아가는 최척이라는 소년이 있었다. 소년은 생각이 깊고 마음이 착했지만 친구 사귀는 것만 좋아하고 글공부는 멀리했다. 아버지는 그런 최척에게 충고했다.

"너는 앞으로 어떤 사람을 닮고 싶으냐? 지금 왜군이 명나라를 치러 간다는 핑계로 조선을 침략해 온 나라가 난리다. 고을마다 사내들이 병졸로 뽑혀 가는 걸 너도 잘 알고 있을 것이다. 그런데도 너는 밖에 나가서 놀기에만 바쁘니 어찌 아비 마음이 편하겠느냐? 앞으로는 책을 읽고 선비를 찾아가 배우도록 해라. 과거 급제는 못 한다 해도 전쟁터에 끌려가지는 않을 것이다."

최척은 아버지가 소개해 준 정 상사라는 사람을 찾아가 학문을 익히

기 시작했다. 최척은 영특하여 공부를 시작한 지 얼마 안 되어 스승과 주변 사람들에게 칭찬을 들을 만큼 글을 잘 익혔다. 그런데 최척이 글을 읽고 있을 때면 한 소녀가 몰래 숨어서 글 읽는 소리를 엿듣고는 했다.

어느 날 최척은 남녀의 애정을 다룬 시 구절이 적힌 쪽지를 받았다. 쪽지를 건넨 이는 다름 아닌 옥영이라는 여인이었다. 옥영은 본래 서울 사람인데 전란을 피해 홀어머니와 함께 어머니의 외사촌인 정 상사가 살고 있는 남원까지 오게 되었다. 옥영은 최척이 비록 가난하지만 누구보다도 의롭다는 것을 알고 최척과 혼인하고자 했다. 옥영의 어머니는 딸이 부잣집 자제와 결혼하기를 바랐지만 옥영의 뜻은 확고했다.

"사윗감을 고르는 데 부잣집만 바라고 있으니 어머니의 생각을 정말 모르겠어요. 생활은 부유하더라도 남편이 변변치 못하다면 넉넉한 살림을 어떻게 관리하겠어요? 더군다나 적병이 이웃 고을까지 쳐들어온 마당에 진실한 사람이 아니면 누가 장모를 잘 받들겠어요?"

옥영의 끈질긴 설득 끝에 마침내 옥영과 최척은 부모님께 결혼 허락을 받았다. 혼인날을 손꼽아 기다리던 어느 날, 남원에서도 마침내 왜군에 맞서 의병이 일어났다. 최척은 활을 잘 쏘고 말 타는 재주도 있어서 의병으로 뽑혀 갔다.

혼인할 날이 하루하루 다가오자 최척은 의병장을 찾아가 휴가를 신청했지만 적을 무찌르는 것이 먼저 해야 할 일이라는 꾸지람만 듣고 휴가를 얻지 못했다.

혼인날이 지나도록 최척이 돌아오지 않자 이웃에 살던 부자 양 씨가 옥영에게 청혼을 해 왔다. 옥영의 어머니는 양 씨가 남원 고을의 부자라는 사실에 마음이 흔들려 옥영에게 혼인하라고 권했다. 하지만 옥영의 마음은 변치 않았다.

"그분이 못 오는 것은 의병장 때문이지 일부러 혼인 약속을 안 지키는 게 아니에요. 어머니께서 제 뜻을 꺾으려 한다면 저는 당장 죽어 버리겠어요."

옥영은 수건으로 목을 졸라 자결까지 시도하면서 최척과의 혼인 약속을 지켰다. 이 소식을 전해 들은 최척은 충격을 받고 몸져누웠다. 그러자 의병장은 최척을 집으로 돌려보냈고 몸을 회복한 최척과 옥영은 드디어

혼례를 치렀다.

최척은 달 밝은 밤이나 꽃 피는 아침에 피리를 불고는 했다. 옥영은
남편의 피리 소리를 듣고 즉석에서 시를 지었다.

왕자진이 피리를 부니 달도 내려와 들으려 하네
푸른 새가 날아가는 것을 막아나 보리
푸른 하늘은 바다와 같고 이슬은 차기만 한데
봉래산 가는 길은 안개와 노을에 싸여 찾을 수가 없네

최척은 시를 지어 본 적이 없었다. 하지만 부인이 시를 읊는 것을 듣고 자신도 모르게 화답의 시를 지었다.

요대*는 멀고 아득한데 새벽 구름은 붉게 물들었네
이제 남은 소리가 비어 있는 산을 채우니 달이 떨어지네
새를 날게 했던 피리 소리 아직도 다할 수 없는데
뜰에 가득한 꽃 그림자 향기로운 바람에 흔들리네

두 사람은 서로를 지음**이라 여기며 하루도 떨어져 있는 일 없이 사랑을 키워 갔다. 두 사람 사이에는 아들 몽석도 태어났다.

정유년 팔월, 왜적이 다시 조선 땅에 쳐들어왔다. 남원성이 함락되자 최척은 식구들을 거느리고 지리산 연곡 골짜기 깊숙한 곳으로 피신했다. 혹시 몰라서 옥영은 남장을 하고 있었다. 식량이 떨어지자 최척은 몇몇 장정들과 함께 양식을 구하러 산에서 내려왔다. 그런데 갑자기 그 근처를 지나가는 적병을 발견하게 되어 길 옆에 숨어서 그들이 지나가길 기다리느라 사흘 동안 꼼짝 못 했다.

적병이 물러간 뒤 최척 일행은 서둘러 돌아왔지만 연곡은 이미 생지옥이나 다름없었다. 적병이 사람들을 닥치는 대로 죽였던 것이다. 최척

* 요대 전설 속 신선의 거처.
** 지음 마음이 통하는 벗.

은 널브러진 시체 속에서 신음 소리를 들었다. 옥영의 시녀 춘생이었다.

"오, 서방님! 아, 아아, 아씨께서 저, 적병에게 잡혀갔어요. 저, 저도 적들에게 붙잡혀 끌려가다가 이, 이렇게 칼에 찔렸어요. 그런데 아씨가 어찌 되었는지 생사를 알 수가……. 으윽, 윽, 죄송해요. 서, 서방님."

춘생은 이내 숨이 끊어지고 말았다.

가족을 잃고 홀로 남겨진 최척은 스스로 목숨을 끊으려 했지만 우연히 명나라 장수 여유문을 알게 되면서 마음을 돌려 그에게 몸을 의탁해 명나라로 떠났다. 여유문은 최척이 의로운 사람인 것을 알아보고 의형제를 맺는 등 최척을 무척 아꼈다. 최척은 여유문의 도움을 받아 중국 땅에 정착했다.

한편 일본에 포로로 잡혀간 옥영은 노예로 팔렸지만 다행히 부처님을 믿는 자비로운 늙은 왜인의 집에 머물게 되었다. 그는 멀리 배를 타고 다니며 중국에 자주 드나드는 상인이었다. 왜인은 옥영의 처지를 딱하게 여기고 남장 차림의 옥영을 아들처럼 사랑해 주었다.

시간이 흘러 최척을 도와주던 여유문이 죽자 최척은 다시 세상을 떠돌며 지냈다. 그러다가 송우라는 사람을 만나 친구가 되었고 그를 따라 배를 타고 이곳저곳을 떠돌며 비단과 차를 팔며 살아갔다. 그러던 어느 날 최척이 배를 타고 안남˙을 다녀오는 중이었다. 항구에는 왜선 10여

˙ 안남 중국인이 베트남을 가리켜 부른 명칭.

『최척전』

척이 정박해 있었다.

그날 하늘은 맑고 물빛은 아름다웠다. 최척은 홀로 선창에 기대어 피리를 불며 가슴속에 맺힌 한을 달래고 있었다. 그때였다. 갑자기 왜선에서 조선말로 시 한 수를 읊는 소리가 들려왔다.

왕자진이 피리를 부니 달도 내려와 들으려 하네
푸른 새가 날아가는 것을 막아나 보리
푸른 하늘은 바다와 같고 이슬은 차기만 한데
봉래산 가는 길은 안개와 노을에 싸여 찾을 수가 없네

최척은 그 소리를 듣고 깜짝 놀라 불던 피리를 떨어뜨렸다.

"저 시는 내 아내가 지은 시인데, 우리 부부만 아는 시를 누가 읊고 있단 말인가. 혹시 아내가 저 배에 타고 있을까? 아니지, 그럴 리 없지."

그날 밤 최척은 한숨도 자지 못했다. 이윽고 날이 밝자 최척은 왜선으로 다가가 조선말로 크게 외쳤다.

"어젯밤 시를 읊은 사람은 반드시 조선인일 거요. 나도 조선인이오. 함께 만나서 고향 이야기를 나눈다면 정말 기쁘겠소."

왜선에 타고 있던 사람은 다름 아닌 옥영이었다. 옥영은 급히 난간으로 내려가 남편 최척을 끌어안고 흐느껴 울었다. 두 사람은 너무나 감격해 가슴이 막혔다. 이후 최척과 옥영은 송우와 왜인의 배려로 항주에 정착해 새로운 삶을 살게 되었다.

고향으로 돌아가지는 못했지만 두 사람에게 좋은 일이 생겼다. 둘째 아들 몽선을 낳은 것이다. 오랜 세월이 흘러 몽선은 명나라 여인 홍도와 혼인을 하게 됐다. 홍도의 아버지 진위경은 임진왜란 때 참전한 뒤 소식이 끊긴 상황이었다. 홍도는 자기 아버지가 출전했던 조선에 가 보기를 꿈꾸었는데 마침 조선 출신인 몽선과 인연을 맺게 된 것이다.

최척이 홍도를 며느리로 맞이하고 일 년 뒤, 여진족 누르하치˙가 나라를 세우고 명나라에 쳐들어왔다. 최척은 이번에는 명나라 병사로 뽑혀 가게 됐다. 또다시 가족과의 생이별이었다. 최척이 속한 부대는 누르하치가 이끄는 적군에게 크게 패했고 최척을 비롯한 몇몇 사람만이 조선에서 파견된 강홍립˙˙ 군대에 몸을 맡겼다. 하지만 강홍립마저 여진족에 패하고 최척은 끝내 포로가 되고 말았다. 그런데 당시 포로가 된 사람 중에는 최척의 첫째 아들인 몽석도 끼어 있었다. 두 사람은 서로를 알아보지 못했지만 같은 조선말을 쓰고 있다는 것을 안 뒤로 허심탄회한 사이가 되었다. 그러다 최척이 전쟁 중에 잃었던 아들 이야기를 꺼냈다.

"갑오년 시월에 낳았는데 정유년 팔월에 잃어버렸다오. 등에는 붉은 점이 있었는데……."

˙ 누르하치(1559~1626) 변방의 오랑캐 취급을 받던 여진족을 통일하여 후금을 세우고 중국 본토에 진출해 청나라를 건국했다.
˙˙ 강홍립(1560~1627) 조선 중기의 무신으로 명나라의 원병으로 후금을 공격했으나 대패했다. 후금에 억류되었다가 정묘호란 때 조선과 후금의 강화를 주선했으나 역신으로 몰려 관직을 빼앗겼다.

『최척전』

이 말을 듣고 몽석은 넋을 잃었다. 자기와 함께 있는 나이 든 포로가 아버지였던 것이다. 두 사람은 서로 얼싸안고 오랫동안 울었다.

그러던 어느 날 포로를 감시하던 여진족 병사가 두 사람의 딱한 사정을 눈치채고 이들을 도와주기로 했다. 둘은 새벽녘 감시가 소홀한 틈을 타서 무리를 도망쳐 나왔다. 이십 년 만에 고국 땅으로 돌아온 최척은 아버지와 장모 심 씨를 만났다. 그들은 왜란 중에 몽석을 되찾아 어른이 되도록 키웠던 것이다.

한편 중국에 머물러 있던 옥영은 출전한 남편이 돌아오지 않자 부모와 조선에 대한 그리움으로 귀향을 결심했다. 둘째 아들 몽선이 옥영의 건강을 염려했지만 더 이상 말릴 수는 없었다. 옥영 일행이 고국으로 돌아오는 여정은 쉽지 않았다. 산 같은 파도를 만나 무인도에 표류하게 되었는데 해적들이 배를 빼앗아 달아나 버렸다.

"어리석은 나 때문에 너희 부부가 죽게 생겼으니 어쩌면 좋단 말이냐. 남아 있는 식량으론 우리 셋이서 사흘을 버티기도 힘들 게다."

옥영은 정신 나간 사람처럼 절벽을 기어 올라가 바다에 몸을 던지려 했다.

"식량이 다 떨어진 뒤에 죽어도 늦지 않습니다. 그동안에 만의 하나 살길이 생길 수도 있어요."

아들 내외가 간곡하게 옥영을 말렸다. 얼마 후, 섬 가까이 조선 배가 다가왔고 뱃사람들이 이들을 불쌍히 여겨 태워 주었다. 천신만고 끝에 일행은 고향 집으로 돌아왔다.

"몽석 어멈이 살아오다니, 이것이 꿈이냐 생시냐?"

옥영의 어머니 심 씨는 울먹이며 옥영을 맞이했다. 몽석은 갓난쟁이 때 헤어진 어머니, 옥영을 끌어안고 한참을 흐느꼈다. 옥영도 출전 후 생사를 모르던 남편까지 만나게 되어 꿈인지 생시인지 분간이 안 갈 지경이었다. 전란으로 오랜 세월 헤어졌던 삼대가 마침내 만난 것이다. 옥영이 남편에게 말했다.

"우리 가족에게 오늘과 같은 날이 있는 것은 오로지 부처님의 음덕이옵니다. 전란으로 만복사가 황폐해져서 불공을 드릴 만한 곳도 딱히 없군요. 그래도 우리가 어찌 그냥 앉아만 있으리까."

가족들은 음식을 갖추어 만복사로 올라가 주위를 깨끗이 하고 정성껏 제사를 올렸다. 이후로 최척과 옥영은 위로는 부모를 받들고 아래로는 자녀를 돌보며 행복하게 살았다. ●

백성의 탄식에 귀 기울인 조위한

민중이 겪은 전쟁의 아픔

고 기자 ● 저는 지금 『최척전』의 작가 조위한 선생님을 만났습니다. 안
녕하세요, 선생님! 임진왜란, 정유재란, 정묘호란, 병자호란까지 살면
서 네 차례나 전란을 겪으셨는데 참으로 어려움이 많으셨겠어요?

조위한 ● 저만큼 전쟁을 많이 겪은 사람도 드물지요. 그래서 소설 속 임
진왜란과 정유재란을 더 진정성 있게 그릴 수 있었나 봅니다.

고 기자 ● 그럼 소설 속에 정묘호란과 병자호란은 안 나오나요? 『최척
전』에 보면 최척이 명나라 군인이 되어 여진족과 싸울 때, 조선도 전
쟁에 참여했다고 나오던데요?

조위한 ● 아, 그 전투는 심하 전투*예요. 최척은 심하 전투에서 포로로
잡혀서 아들을 만나게 되었죠. 정묘호란과 병자호란은 이 소설을 쓰
고 난 뒤 한참 지나서 일어났습니다. 제가 늘그막에 겪은 일이지요.

• 심하 전투 1619년에 조선과 명의 연합군이 만주의 심하 부차라는 곳에서 후금 누르하치
군대와 싸우다가 패배한 전투. 부차 전투라고도 한다.

고 기자● 선생님께서 실제 겪었던 전쟁은 어땠나요?

조위한● 생각하면 세상이 참으로 원망스럽죠. 저는 열아홉에 혼인하여 스물셋에 첫 딸을 얻었습니다. 딸을 낳고 삼 년쯤 지나 임진왜란이 일어났어요. 그때 피란을 가다가 딸을 잃고 어머니도 먼저 하늘나라로 떠나보내야만 했습니다. 그리고 정유재란 때에는 사랑하는 아내와도 사별했지요. 참으로 복이 없다는 생각을 떨칠 수가 없습니다.

고 기자● 이런, 전쟁 때문에 단란하던 가정이 풍비박산이 났군요. 소설 속에 등장하는 최척의 삶과 너무나 닮았네요.

조위한● 저도 가족을 모두 잃고 더 이상 조선에서 사는 게 싫어서 중국으로 건너가려고도 했어요. 명나라 군졸에게 저를 중국까지 데려다주겠다는 약속까지 받았으니까요. 그때 제 큰 형님이 말리지 않았더라면 아마 지금쯤 중국 어딘가에서 떠돌고 있을 겁니다.

고 기자● 『최척전』을 읽으면서 내내 사실적이라고 느꼈는데 이유가 있었군요. 선생님께서 직접 겪은 비극인 만큼 진술한 표현이 가능했으리라 생각해요. 소설 속에 나오는 여러 지명이나 역사적 사건도 사실에 기반을 두고 있어서 당시의 역사를 이해하는 데 큰 도움이 됩니다.

조위한● 별말씀을요. 제 소설을 높이 평가해 주시니 감사합니다.

고 기자● 최척이 심하 전투에 참여해 포로로 잡혔을 때죠. 제가 역사를 조금 공부해 봤는데, 실제로도 누르하치는 명나라 사람만 죽이고 조선 사람들은 살려 줬다는데요. 만약 역사적 사실이 내용과 전혀 달랐다면 이야기는 설득력을 잃고 우연성을 남발하는 글이 되었겠지요.

조위한 ● 말씀하신 것처럼 당시 누르하치 군대는 조선 사람들에게 호의 적이었어요. 그때 임금이었던 광해군께서 여진족과의 갈등을 원치 않았고, 누르하치 군대도 그것을 잘 알고 있었던 모양입니다.

고 기자 ● 그런데 한 가지 궁금한 게 있어요. 『최척전』은 전쟁 소설인데 어째서 영웅이 한 명도 나오지 않죠? 영웅 한 명쯤은 나와야 박진감 넘치고 재미도 있잖아요?

조위한 ● 하하. 영웅이 등장하지 않아서 서운하셨군요. 하지만 영웅보다는 평범한 사람이 전쟁을 더 뼈저리게 느끼기 마련이죠. 최척과 옥영을 보세요. 아무 죄도 없는데 이산가족이 되고, 포로로 끌려가고, 고향을 잃는 등 전쟁의 참혹함을 그대로 겪잖아요. 그래서 저는 영웅보다 평범한 인물을 주인공으로 삼은 것입니다. 전쟁을 훨씬 사실적이고 구체적으로 그려 내기 위해서지요.

민족 간의 화해를 꿈꾸며

고 기자 ● 소설의 시작을 보면 임진왜란이 이미 일어난 후로, 소설의 주요 내용이 임진왜란보다 정유재란에 초점이 더 맞춰져 있던데요. 그렇게 설정한 이유가 있을까요?

조위한 ● 정유재란 때 피해가 훨씬 더 참혹했기 때문이에요. 임진왜란 때는 북으로 올라가서 조선 임금의 항복을 받는 것이 왜군의 목적이었지만, 정유재란의 목적은 항복이 아니라 학살이었어요. 그래서 더 끔찍했죠.

고 기 자 ● 전쟁의 목적이 학살로 변한 까닭은 무엇이었을까요?

조위한 ● 그 이유를 한마디로 말씀드리기는 어렵죠. 처음에 일본이 전쟁을 일으킨 이유에는 여러 가지가 있었을 겁니다. 국내의 불만을 밖으로 돌리기 위한 것도 있고, 도요토미 히데요시*의 개인적인 욕망도 있었겠죠. 하지만 임진왜란은 일본의 뜻대로 되지 않았어요. 전라도를 점령하지 못해서 무기나 식량 등을 제때 보급받지 못했거든요. 전라도 때문에 전세가 불리해져서 일본도 협상에 나설 수밖에 없었지요.

고 기 자 ● 그렇다면 일본은 다른 곳보다 전라도에 칼을 갈고 있었겠네요. 이순신 장군이 이끌던 조선 수군이나 육지의 의병들도 일본 입장에서는 골칫거리였겠어요.

조위한 ● 그랬기 때문에 정유년에 다시 쳐들어왔을 때는 전라도부터 집중 공략했습니다. 마치 본때라도 보이려는 것처럼 전라도 양민들을 학살했죠. 왜군은 공을 세우기 위해 닥치는 대로 조선 사람들을 죽이고는 그것을 증명하기 위해 코나 귀를 무참히 베어 갔습니다. 일본 교토에 조선인 귀 무덤이 있다고 하는데 가슴이 너무 아픕니다.

고 기 자 ● 저런 나쁜 놈들!

조위한 ● 그뿐만이 아니었어요. 살아남은 사람들은 포로로 끌려갔는데 그 수가 십만 명에 이르렀죠. 이들 중 돌아온 사람은 팔천 명이 채 안 되었어요. 이곳저곳을 떠돌다 죽은 사람이 수도 없어요.

● 도요토미 히데요시(1537~1598) 일본을 통일한 뒤 중국 대륙을 정복하여 자신의 위세를 떨치고자 했던 일본의 정치가.

고 기자 ● 17세기 조선 사람들은 6·25 전쟁 못지 않은 이산가족의 아픔을 겪었겠어요. 참 안타깝습니다. 그런데 이 작품은 조선, 일본, 중국, 베트남까지 네 나라를 배경으로 하고 있네요.

조위한 ● 비록 비극적인 전쟁을 겪었지만 서로 다른 민족끼리 화해하고 도와주는 이야기를 꼭 넣고 싶었어요. 그래서 옥영을 보살펴 주는 인물을 일본 사람으로 설정하고, 최척을 아끼는 명나라 장수도 등장시켰지요. 또 최척의 둘째 아들 몽선이 명나라 여인 홍도와 혼인하도록 글을 썼습니다.

고 기자 ● 최척과 그의 큰아들 몽석이 포로로 잡혀 있을 때에도 여진족 군졸이 두 사람을 몰래 풀어 주었죠? 전쟁이 아니라 화해를 통해 서로 잘 살아갈 수 있다는 진실을 확인하게 되네요. 끝으로 옥영에 대해서 여쭐게요. 어떻게 이처럼 적극적인 여성상을 그리게 되셨나요?

조위한 ● 그렇게 느끼셨다니 다행입니다. 조선 사회는 남성 중심 사회여서 여성이 자신의 삶을 스스로 개척하며 살아가는 데에는 많은 한계가 있었습니다. 저는 그런 사회적 분위기가 옳지 않다고 여겼고 그런 생각을 등장인물에 꼭 반영하고 싶었습니다.

고 기자 ● 어머니가 부잣집 사내와 혼인하라고 했을 때, 스스로 목숨을 끊고자 했던 것이 좋은 방법은 아니지만 그만큼 옥영이 주체적인 인물이라는 것에 충분히 공감합니다. 또 일본까지 노예로 끌려가는 굴욕을 당했지만 끝내 살아남았고, 중국을 떠나 조선으로 되돌아온 것도 강한 의지와 정신력이 없었다면 불가능했을 거예요. ●

임진왜란과 정유재란, 나라를 지킨 백성

1592년 임진년, 일본이 조선을 침략했습니다. 일본군은 육지와 바다에서 동시에 공격하는 작전을 펼쳤습니다. 육군은 북쪽으로 빠르게 치고 올라가 조선 임금의 항복을 받고, 수군은 남해와 서해에서 물자를 조달하며 육군을 지원하겠다는 계획이었지요. 하지만 전혀 예상하지 못했던 저항이 일본군의 발목을 붙잡았습니다.

첫째, 조선에는 이순신 장군이 이끄는 막강한 수군이 있었습니다. 탁월한 전술과 화력으로 무장한 조선 수군은 일본 수군을 압도했습니다. 옥포 해전, 사천 해전, 당항포 해전, 한산 대첩 등 이순신이 이끈 조선의 함대는 일본 수군을 차례차례 궤멸해 나갔습니다. 연전연패를 당한 일본 수군은 육군을 제대로 지원해 줄 수 없었지요. 수군이 물자를 조달하지 못하자 일본 육군은 더 이상 빠르게 진격할 수 없었습니다.

일본이 예상하지 못했던 두 번째 저항은 곳곳에서 일어난 의병과 백성이었습니다. 나라가 위기에 처하자 백성이 떨쳐 일어나 적병에게 저항했습니다. 특히 고경명, 조헌 같은 의병장들은 목숨을 바쳐 가며 왜적이 전라도로 진격하는 것을 막아 냈습니다. 백성의 도움을 받은 덕분에 관군은 전라도를 지켜낼 수 있었습니다. 김시민 장군은 진주성에서, 권율 장군은 이치에서 일본군을 크게 물리쳤지요. 그리고 얼마 뒤 강화* 협상이 시작되었죠.

전투는 한동안 잠잠했습니다. 그러나 1597년 정유년, 일본이 강화 조약을 깨고 다시 쳐들어왔습니다. 정유재란 때는 그전과 사정이 크게 달랐습니다. 안타깝게도 이 무렵 남쪽 바다는 더 이상 이순신 장군이 지키고 있지 않았습니다. 그는 온갖 모함으로 파직되어 있었죠. 그 대신 원균 장군이 수군을 이끌었습니다. 그러나 원균 장군이 이끄는 조선 수군은 칠천량에서 일본 수군에게 전멸당하고 맙니다. 육지에서도 일본군이 남원성을 무너뜨리고 전주성마저 손에 넣었습니다.

이 과정에서 일본군은 끔찍한 만행을 저질렀습니다. 정유재란의 주요 목적은 학살과 파괴였기 때문에 일본군은 가는 곳마다 사람을 죽이고 민가에 불을 질렀으며 경작지를 파괴했습니다. 『최척전』의 주요 배경인 남원과 구례 지역은 정유재란 때 특히 극심한 피해를 입었습니다. 일본군은 남녀노소를 가리지 않고 살해했고 또한 포로들을 노예 상인에게 팔아넘기기까지 했죠.

전라도가 점령되었으니 일본군은 의도한 대로 육지와 바다에서 총공격을 할 수 있었습니다. 이처럼 다급한 상황에서 나라를 구한 것은 또다

• 강화 싸우던 두 편이 싸움을 그치고 평화로운 상태가 됨.

시 이순신 장군이었습니다. 그는 열두 척의 전선으로 일본 수군에 맞서 명량 해전을 승리로 이끌었습니다. 이 전투로 조선 수군은 다시 바다를 장악했고 보급이 끊길 것을 우려한 일본군은 남해안 일대로 후퇴하기에 이르죠. 전라도를 되찾았기에 전쟁은 더 이상 확산되지 않았습니다. 전쟁을 일으킨 도요토미 히데요시가 죽자 일본군은 철수하기 시작했고 이순신 장군이 전사한 노량 해전을 끝으로 기나긴 전쟁도 막을 내립니다. ●

고 기자의 추천작

『주생전』　조선 중기의 문인 권필의 작품이다. 고소설에서 흔히 볼 수 있는 비현실적인 요소가 없고 삼각연애를 중심으로 이야기가 진행되며 전란으로 인한 이별과 죽음도 다룬다. 전쟁의 참상을 그리기보다는 주인공들의 연애 심리를 주로 다룬다는 점, 남성 중심의 서술 태도를 보여 준다는 점에서 『최척전』과 차이가 있다.

4

역전의 영웅,
박씨 부인

『박씨전』

작자 미상

패자를 위로하는
판타지 —

　　　　　　　우리나라 역사상 가장 굴욕적인 전쟁은 무엇일까요? 다양한 의견이 있겠지만, 한 나라의 임금이 다른 나라 황제에게 세 번 절하고 아홉 번 머리를 조아렸다면 충분히 굴욕적이라고 할 만하지요. 바로 1636년 병자호란 때의 일입니다. 청나라 황제 앞에서 조선의 임금 인조가 항복하며 이런 의식을 치렀습니다.

　이 사건이 더욱 치욕스러운 것은 문명국이라 자부하던 조선이 오랑캐라고 얕잡아 봤던 여진족에 무릎을 꿇었기 때문입니다. 양반 사대부는 물론이고 백성들의 울분은 매우 컸습니다. 많은 이들이 전쟁으로 인해 죽거나 포로로 끌려가는 등 직접적인 고난을 당하기도 했지만 무엇보다도 민족적인 자부심에 큰 상처를 입었죠. 그런 까닭에 민족의 상처 입은 마음을 치유해 줄 이야기가 필요했습니다.

　전쟁에서 가장 극적이고 감동적인 순간은 어떤 모습일까요? 다 지고 있다가 기적처럼 이기거나, 아주 연약한 사람이 무쇠처럼 강인한 사람을 이기는 장면일 것입니다. 키 작은 다윗이 거인 골리앗을 넘어뜨리는 것처럼 말입니다. 만약 남자들이 싸우는 전쟁터에 연약하다고 여겨지는 여성이 나섰다면 어떨까요? 가녀린 몸집의 여성이 무시무시한 적장을 혼쭐낸다면 더 극적이겠죠? 우리 고전 『박씨전』 이야기입니다. ●

『박씨전』

조선 인조 때의 일이다. 한양성 북촌에 이득춘이라는 상공*이 살고 있었다. 그는 젊은 시절 학문에 정진하여 높은 벼슬에 오른 후 나라에 충성하고 백성을 잘 다스려 온 나라에 명성을 떨쳤다. 이득춘에게는 시백이라는 아들이 있었는데 시백 역시 총명하기가 이를 데 없었다.

어느 날 상공의 집에 박 처사**라는 사람이 찾아왔다. 그는 상공의 마음을 단번에 사로잡을 만큼 뛰어났다. 박 처사는 여러 날 상공과 함께 바둑을 두고 퉁소를 불며 즐기다가 갑자기 상공에게 사돈을 맺자고 청하였다. 상공은 박 처사가 비범한 사람이니 그 딸도 틀림없이 뛰어날 것

• 상공(相公) 재상을 높여 부르는 말. 임금을 도와 관리를 지휘하고 감독하는 일을 맡아보던 벼슬.
•• 처사 벼슬을 하지 않고 산속에 묻혀 살던 선비.

이라고 생각하고 흔쾌히 혼인을 허락했다.

그런데 이게 웬일인가. 정작 신부가 될 여인은 천하의 박색*에 체격도 사내처럼 커서 여성스러운 모습이 거의 없었다. 상공의 아들 시백은 크게 실망하여 신부인 박씨를 쳐다보려고도 하지 않았다. 그러자 집안 식구들은 물론, 종들까지 박씨를 미워하고 멸시하였다. 집안사람들의 구박이 계속되자 박씨는 시아버지에게 도움을 청했다.

"제가 복이 없고 얼굴이 추해서 부모께 효도를 못 하옵고 부부간에도 즐거움이 없으니 참으로 무용지물이나 다름없습니다. 그래도 아버님께서 저를 자식으로 생각하시어 뒤뜰에 초당 삼간만 지어 주시면 제가 지내기가 나을 듯합니다."

상공은 며느리의 간곡한 부탁을 들어주었고 결국 박씨는 뒤뜰에 따로 초가집을 짓고 몸종과 함께 살게 되었다. 박씨는 생김새는 흉측했지만 지혜로웠으며 뛰어난 재주를 지니고 있었다.

한번은 상공이 갑자기 임금의 부름을 받아 대궐에 가야 했는데 입을 옷이 마땅하지가 않았다. 시아버지가 난처한 상황에 빠진 것을 알게 된 박씨는 몸종을 시켜 천을 구해다가 하룻밤 만에 상공이 입을 예복을 만들었다. 옷을 만드는 박씨의 솜씨는 마치 신선의 것과 같았다. 그뿐이 아니었다. 박씨는 사람들이 하찮게 여기는 망아지를 사다가 공을 들여 뛰어난 명마로 기른 뒤, 삼만 냥이나 되는 돈을 받고 중국 사신에게 되팔

• 박색 아주 못생긴 얼굴 혹은 그런 사람.

『박씨전』

아서 집안 사정을 넉넉하게 해 주었다. 또한 남편 시백을 위해 특별한 연적을 구해서 시백이 장원 급제를 하는 데에도 크게 도움을 주었다.

한편 박씨는 초가집 뒤뜰을 정성으로 가꾸었다. 특히 나무를 많이 심었는데 상공이 그 까닭을 묻자, 박씨는 훗날 불행한 일이 닥치면 나무로 재앙을 막아 보려 한다고 대답했다. 박씨는 자신이 거처하는 초가집을 '피화당'*이라고 이름 지었다.

박씨가 시집온 지 삼 년째 되던 해였다. 어느 날 박씨의 아버지인 박 처사가 찾아왔다. 박 처사는 딸에게 이제 추한 허물을 벗을 때가 되었음을 알리고 멀리 떠났다. 다음 날 박씨는 자신을 뒤덮고 있던 추한 허물을 벗고 아름다운 여인이 되었다. 눈부시게 아름다운 여인을 본 시백은 너무나 놀라서 입을 다물지 못했다. 시백은 그동안 외모만 보고 박씨를 외면했던 일을 진심으로 뉘우쳤다. 그런 남편에게 박씨가 말했다.

"당신은 오로지 외모만 보면서 부부 사이의 도리를 지키지 않았습니다. 그 어찌 부모님께 불효가 아니겠습니까. 그러면서 어떻게 입신양명**하여 나라를 보살피고 백성을 편안하게 하겠습니까? 제가 본모습을 감추고 추한 모습을 보인 것은 군자로 하여금 욕망을 멀리하여 공부에만 열중하게 하려고 했던 것입니다. 당신이 진심으로 뉘우친다니 앞으로는 반드시 수신제가***하셔서 부모께 효도하고 나라에 충성을 다하시

• 피화당(避禍堂) '화를 피하는 집'이라는 뜻.
•• 입신양명 사회적으로 인정을 받고 출세하여 이름을 세상에 드날림.
••• 수신제가 몸과 마음을 닦아 수양하고 집안을 다스림.

길 빕니다."

박씨는 시백을 꾸짖은 다음, 지난 일을 용서하고 비로소 부부의 정을
나누었다. 그 후 가족들도 모두 박씨를 사랑하게 되었다. 시백도 승승장
구했다. 시백은 중국에 사신으로 갔다가 그곳에서 일어난 난리를 진압
하고 병조 판서 자리에까지 오르게 되었다.

세월이 흘러 나라 밖에서 여진족이 청나라를 세웠다. 청나라는 조선

『박씨전』

을 침략하려 했지만 변방을 굳게 지키는 임경업* 장군의 기세에 눌려 번번이 실패했다. 한번은 첩자까지 동원하여 병조 판서인 시백과 임경업 장군을 죽이려 했으나 박씨가 이를 눈치채고 계책을 세워 두 사람의 목숨을 구했다. 하지만 거듭된 실패에도 청나라의 야욕은 사라지지 않았다.

청나라는 임경업 장군을 피해서 백두산을 넘어 동쪽으로 조선 땅에 들어올 계획을 세웠다. 이를 알아챈 박씨는 남편 시백을 통해 임금께 전쟁을 단단히 대비하도록 일렀다. 또한 임경업 장군이 의주를 떠나 동쪽을 수비하게 해야 한다고 주장했다. 하지만 간신 김자점**의 반대로 박씨는 뜻을 이루지 못했다. 임금이 김자점의 말에 휘둘려 그릇된 판단을 하고 만 것이다. 박씨는 울분을 참지 못하며 말했다.

"아아, 정말 슬프군요. 김자점 같은 소인배를 신하로 삼아 나라를 망하게 하다니. 어찌 비통하지 않겠어요? 머지않아 한양 땅에 도적이 쳐들어올 텐데 그 꼴을 차마 어떻게 볼 수 있을까요?"

결국 청나라는 거침없이 조선으로 쳐들어왔다. 병자년 섣달 그믐날이었다. 청나라 군대는 임경업 장군이 지키는 의주 대신 백두산을 넘어 동쪽으로 파도처럼 밀려들어 왔다. 그들은 닥치는 대로 조선 백성들을 잡아 죽였다.

• 임경업(1594~1646) 조선의 명장으로 명나라와 청나라에서도 명성이 높았다. 병자호란 이후 명나라에 망명해 청나라와 싸우다가 생포되었다. 이후 역모에 가담했다는 혐의를 받아 조선으로 압송되어 처형당했다.
•• 김자점(1588~1651) 조선 중기의 문신으로 인조반정 때 공을 세웠다. 효종이 즉위한 뒤 파직당했으며 북벌론이 대두하던 시점에 역모 사건에 연루되어 처형되었다.

조선의 임금은 허겁지겁 남한산성으로 피신했다. 청나라 군대는 한양성을 마구잡이로 약탈했다. 청나라 장수 용울대는 군사를 이끌고 한양을 약탈하다가 박씨가 있는 피화당까지 쳐들어갔다. 난리를 피해 많은 여자들이 피화당에 숨어 있었는데 그들을 잡아가기 위해서였다.

적장 용울대가 피화당에 들어서자 갑자기 검은 구름이 일어나며 번개와 벼락이 천지를 진동하였다. 피화당 뜰을 지키는 나무들도 창검을 휘두르는 병사가 되어 용울대의 무리를 포위하고 공격하기 시작했다. 크게 놀라 어찌할 바를 모르는 용울대 앞에 한 여인이 칼을 들고 나타났다.

"너는 어떠한 도적이기에, 이렇게 중요한 곳에 들어와 죽기를 재촉하느냐?"

용울대는 혼비백산하여 목숨을 부지하고자 말했다.

"댁이 누구신지 모르오나 제발 목숨만 살려 주소서."

"네 이놈! 나는 박씨 부인의 몸종 계화다. 우리 아씨가 너를 기다린 지 오래되었구나. 대장부가 만리타국에 큰 공을 바라고 왔다가 계집의 손에 죽을 줄 어찌 알았으리오. 장부로 태어나 연약한 아녀자도 당하지 못하다니 정말 한심하구나. 어서 목을 내놓고 내 칼을 받아라."

결국 용울대는 계화에게 죽임을 당했다.

피화당에서는 적군을 물리쳤으나 불행하게도 임금이 있는 남한산성은 수십 만 청나라 군사에게 포위되고 말았다. 마침내 임금은 굴욕적인 항복을 했다.

전쟁이 끝난 후, 청나라 장수 용골대*는 뒤늦게 자기 동생 용울대가 죽었다는 사실을 알고 피화당을 공격하러 갔다. 하지만 신묘한 재주를 지닌 박씨를 용골대가 당해 낼 수는 없었다. 박씨 부인의 몸종 계화가 호통쳤다.

"이 무지한 용골대야, 네 동생이 나의 칼에 구천을 떠도는 혼백이 되었거늘, 너마저 죽고 싶은 것이냐! 너희들을 씨도 없이 몰살하려고 했으나 내가 사람 죽이는 걸 좋아하지 않으므로 이제 너를 용서할 테니 앞으로는 조선 땅을 감히 넘보지 말거라. 그리고 너희가 세자를 모셔 가야 한다니, 그것이 하늘의 뜻이라면 거역할 수가 없겠구나. 다만 조심해서 모시도록 하라."

박씨는 용골대에게 다시는 조선에 쳐들어오지 말 것을 경고하며 그를 풀어 주었다. 용골대는 세자를 비롯한 인질들을 이끌고 자기 나라로 돌아가다가 임경업 장군이 이끄는 군대와 또다시 부딪혀 호된 공격을 당했다.

임금은 박씨의 말을 듣지 않았던 것을 후회했다. 그러고는 적군을 쫓아낸 박씨를 칭찬하며 충렬부인에 봉하고 큰 상을 내렸다. 그 후 박씨는 나라에 충성을 다하며 화목한 집안을 이루고 살다가 남편 이시백과 한날한시에 세상을 떠났다. ●

• 용골대(1596~1648) 청나라 장수로 십만의 대군을 거느리고 조선을 침입한 실존 인물이다.

병자호란의 총지휘관, 이시백

사실과 허구 사이

고 기자 ● 자, 이번에는 특별한 손님을 모셨습니다. 바로 이시백 선생님입니다. 놀라지 마세요. 지금 모신 이시백 선생님은 소설 속에 등장하는 박씨 부인의 남편 이시백이 아니라 병자호란이 일어났을 때, 실제로 남한산성의 방어를 책임졌던 수어사 이시백 선생님입니다. 『박씨전』에 선생님 성함이 나와서 많이 놀라셨죠?

이시백 ● 네, 놀랐죠. 게다가 못난 남편으로 나오는 것 같아서 실제 모델의 체면이 말이 아닙니다. 하지만 저는 작품에 나온 것처럼 겉모습만 보고 사람을 판단하지는 않으니 오해는 마세요. 그래도 작품 속 이시백이 중반 이후에는 자기 잘못을 뉘우치고 박씨를 도와 나라를 지키려는 모습으로 그려져서 천만다행입니다. 또 소설에 등장할 만큼 백성들이 저를 기억해 주고 사랑해 주시니 감사할 따름입니다.

고 기자 ● 선생님 생애를 잠깐 살펴봤는데요. 병조 판서를 비롯해서 주요 관직을 두루 거친 뒤 영의정까지 오르셨다면서요. 위기의 조선을 지키려고 애를 쓰셨던 점은 소설 속 이시백과 닮아 있지만 여러모로 다른 점도 많더군요. 부인의 도움을 받아 과거에 급제한 소설 속 이시백과 달리, 선생께서는 과거를 치르지 않고 인조반정°에 공을 세우며 정계에 진출하셨더군요. 실제 부인의 성도 박 씨가 아니라 윤 씨이고요. 전쟁도 참 많이 겪으셨는데요. 1581년생이시니까 어려서는 임진왜란, 장년이 되어서는 정묘호란과 병자호란을 겪으셨네요. 그중에 가장 피하고 싶었던 전쟁은 어떤 것일까요?

이시백 ● 당연히 병자호란이죠. 병자호란 당시 저는 남한산성의 총수비를 맡고 있었습니다. 사실 저는 소설 속 박씨 부인처럼 청나라가 전쟁을 일으킬 조짐을 느꼈답니다. 그래서 병자호란 직전까지 남한산성에서 밤늦도록 병사들을 훈련시키고는 했죠. 남한산성은 천혜의 요새였지만 군량이 부족한 것이 문제였어요. 임금께 말씀드렸지만 군량을 충분히 준비하기에는 어려움이 많았습니다. 어찌 되었든 당시 조선이 청나라를 상대하기에는 역부족이었습니다.

고기자 ● 병자호란 때 입은 피해 중 가장 큰 피해는 무엇이라고 생각하시나요?

이시백 ● 두루두루 피해를 입었지만 힘없는 백성들, 그중에서도 여인들이 겪었던 피해가 가장 컸습니다. 『박씨전』에서는 박씨 부인이 피화당에 모여든 아녀자들을 안전하게 보호하지만 현실은 달랐습니다. 수

● 인조반정 1623년 서인 일파가 정변을 일으켜 광해군을 쫓아내고 인조를 왕위에 앉힌 사건.

없이 많은 여인이 청나라에 포로로 끌려가 적군에게 능욕을 당했으니까요.

고 기자 ● 말이 나왔으니까 말인데요, 어째서 『박씨전』 같은, 역사적인 소재를 다루면서 사실과 다른 이야기가 지어진 것일까요? 허구이지만 적장 용울대를 죽이는 설정은 청나라를 자극할 수도 있고 자칫 역사를 왜곡했다는 비난을 받을 수도 있을 텐데요.

이시백 ● 소설을 비롯한 문학은 사실적인 기록물이 아니잖아요. 승자의 기록은 더더욱 아니고요. 현실에서 어려움을 겪는 사람들을 위로하고 격려하는 게 어쩌면 소설의 역할 아닐까요? 『박씨전』도 그런 맥락에서 이해할 수 있어요. 병자호란은 우리 민족에 커다란 상실감을 가져다주었습니다. 더군다나 우리가 그동안 오랑캐라고 부르며 무시했던 청나라에 당했으니 자존심에 큰 상처를 입었죠. 상처 난 민족적 자부심을 회복하려는 의지가 『박씨전』이라는 소설을 통해 나타난 것 아닐까요?

고 기자 ● 그런데 왜 하필 여성을 주인공으로 내세웠을까요? 임경업 같은 장수도 있었는데요.

이시백 ● 임경업 장군의 생애를 소재로 한 『임경업전』도 따로 있어요. 『박씨전』에도 임경업의 활약상이 나오죠. 청나라로 돌아가는 적군을 임경업이 혼쭐내는 장면도 있으니까요. 하지만 말씀하신 대로 이 작품에는 여성인 박씨의 활약상이 가장 크다고 할 수 있어요. 여성을 주인공으로 설정한 덕분에 훨씬 더 속 시원한 심리적인 복수를 할 수 있었던 것 같아요. 장수끼리 싸우는 것보다 연약한 여인이 힘센 장수를 물리칠 때의 쾌감이 더 크기 마련이니까요.

무능하고 이중적인 집권 세력

고기자 ● 여성을 주인공으로 삼은 또 다른 이유는 없을까요? 그전에는 우리나라 고전 소설에 여성 주인공, 특히 여성 영웅은 딱히 없었던 것 같아서요. 작품에 영향을 줄 만한 사회적인 변화가 있었나요?

이시백 ● 변화가 있기는 했죠. 본래 조선은 여권이 꽤 높은 나라였어요. 여성이 관직에 오르는 일은 어려웠지만 남자 형제들과 동등하게 부모의 재산을 상속받기도 했고, 과부가 재혼하는 것도 전혀 이상할 것이 없었으니까요. 그런데 성리학적인 질서가 자리를 잡으면서 여성의 사회 경제적 지위가 하락하기 시작했어요. 당시 여성들의 불만이 상당했습니다. 이런 분위기가 여성 영웅의 등장에 영향을 준 것 같아요.

고기자 ● 병자호란을 겪은 뒤에 여성들의 사회적 불만이 더욱 커졌다는데 사실인가요?

이시백 ● 네, 청나라에 끌려갔다가 돌아온 여성들을 양반 사대부들이 따뜻하게 보듬어 주지는 못할망정 가문을 더럽혔다며 차갑게 이혼을 요구했으니까요. 전쟁을 책임져야 할 양반들이 최대 피해자인 여성을 외면하자 불만이 더욱 커진 것이죠. 같은 관료로서 부끄럽지만 그 시절에도 높은 관직에 있던 사람들이 자기 잘못을 책임지지 않는 경우가 많았습니다.

고 기 자 ● 김자점 같은 사람도 그 한 예일까요? 소설 속에는 마치 김자 점의 농간으로 병자호란을 제대로 막지 못한 것처럼 나오던데, 이 사 람도 실존 인물이죠?

이시백 ● 김자점도 인조반정 때 공신에 오른 인물이었죠. 임금과 사돈 관계이기도 했고요. 김자점은 병자호란 때 서북쪽 군대를 책임지는 도원수였음에도 불구하고 적극적으로 전투를 하지 않고 계속 피해만 다니다가 결국 전쟁을 패하게 만들었어요. 게다가 나중에는 임경업 장군을 모함해서 죽음에 이르게 했고, 효종 시절에는 조선의 사정을 몰래 청나라에 알려 주는 등 첩자 역할까지 했던 인물입니다. 물론 나 중에 죄상이 밝혀져 처형을 당했지요.

고 기 자 ● 고위 관료에 대한 비판이나 혐오감이 여성 영웅을 만들게 했 을까요?

이시백 ● 집권 세력이었던 서인이 성리학을 통해서 신분이나 성별, 연령 에 따라 예의를 강조하며 여성을 억압하고 자유를 더욱 통제했기 때 문이라고 봅니다. 집권 세력은 가부장적인 질서와 관습을 강요하며 남성 중심적인 나라를 만들어 놓았지만 막상 나라가 위기에 처하자 무능력한 모습을 보였습니다. 그러니 소설 속에서나마 여성 영웅을 통해서 남성 지배 질서를 간접적으로 비판하고 싶었던 것 아닐까요?

고 기 자 ● 그렇다면 박씨 부인을 가부장적인 질서와 관습에 맞선 인물로 해석할 수도 있겠는데요.

이시백 ● 작품 중간에 박씨가 남편을 훈계하는 장면이나, 박씨가 남편

『박씨전』

보다 더 능력 있는 존재로 그려져 있는 장면을 보면 그렇게 생각할 수 있겠네요. 게다가 소설 전반부에서 이시백은 여성을 그저 외모로만 판단하는 속물로 표현되는데 이 모습은 당시 사대부가 입으로는 유학과 도를 말하면서 속으로는 외모를 따지는 이중적인 태도를 보였다는 점을 은근히 비꼬고 있는 것 같아요.

고 기자 ● 정말 『박씨전』은 여성들에게 큰 위로를 주었겠습니다. 이 소설이 오랫동안 사람들에게 꾸준히 사랑받는 이유도 조금은 알 것 같습니다. 차별과 억압이 존재하는 한 이 작품의 가치와 의미는 퇴색하지 않겠네요. ●

병자호란과 삼전도의 굴욕

서울 송파구 한강 상류에는 나루터가 하나 있었습니다. 이곳은 물이 많이 흘러서 서울과 경기도 광주의 남한산성, 그리고 이천과 여주를 오가는 중요한 교통로로 활용되었습니다. 1950년대 말까지도 나룻배가 다녔다고 하는데 잠실 대교가 만들어지고 한강변이 개발되면서 지금은 자연스럽게 사라진 상황입니다. 이 나루터가 바로 삼전도입니다.

1637년 1월 30일, 삼전도에서는 치욕스러운 항복 의식이 이루어졌습니다. 신하들과 세자가 지켜보는 가운데 인조는 거만한 청나라 태종에게 삼배구고두*를 했죠. 임금의 머리에 피가 흥건했다는 일화가 전해질 정도로 상황은 좋지 않았습니다.

인조는 광해군을 몰아내고 정권을 잡은 임금이었습니다. 광해군 시절, 중국 대륙에서는 명나라의 세력이 약해지고 여진족이 세운 후금이 점점 강성해지고 있었습니다. 광해군은 두 나라 사이에서 중립적인 외

• 삼배구고두(三拜九叩頭) 세 번 절하고 머리를 아홉 번 조아리는 행위로 신하된 자가 황제에 대한 존경을 표하는 의식.

교를 펼치며 현실적인 안정을 추구했습니다. 명나라와 우호 관계를 유지하는 동시에 군사 강국으로 급부상한 후금과도 불필요한 갈등을 일으키지 않으려는 전략이었습니다.

하지만 인조와 서인들의 생각은 달랐습니다. 임진왜란 때 조선을 도운 명나라의 은혜를 배신해서는 안 된다며 후금을 멀리하기 시작했습니다. 이에 격분한 후금은 1627년 정묘년 조선 땅을 쳐들어왔습니다. 아무런 준비도 못했던 조정은 강화도로 피난했다가 전세가 불리해지자 후금과 형제 국가임을 인정하고 말았습니다. 하지만 이후에도 인조와 집권 세력은 후금을 멀리하는 정책을 포기하지 않았습니다. 그도 그럴 것이 후금이 황금 일만 냥을 비롯해 말 삼천 필, 병사 삼만 명 등 무리한 요구를 계속하며 조선을 괴롭혔기 때문입니다.

1636년 병자년 4월, 후금은 나라 이름을 청이라고 바꾸고 조선에 사신을 보내 군신의 예를 갖추도록 요구합니다. 그러나 인조는 청나라 사신을 만나지 않았습니다. 결국 그해 12월 청나라 황제 태종이 직접 조선을 침공하기에 이릅니다. 청나라 군대는 조선의 명장 임경업이 굳게 지키고 있던 의주를 피해 한양으로 진격했습니다. 조선의 임금과 대신들은 강화도로 옮겨 전투를 치르고자 했으나 청군이 이미 길목을 가로막고 있었지요. 결국 인조와 대신들은 남한산성으로 들어가 저항할 수밖에 없었습니다.

성안의 군사는 일만 삼천 명, 양곡은 일만 사천 석. 겨우 오십여 일을 견딜 수 있는 식량밖에 없었지요. 이십만의 청군이 남한산성을 포위하는 바람에 외부의 지원을 받는 것은 사실상 불가능했습니다. 사십여 일이 지난 성안의 상황은 끔찍했습니다. 대신들은 항전을 계속해야 한다는 입장과 이제 그만 항복을 하자는 입장으로 갈렸습니다. 인조는 항복을 택하지요. 결국 이렇다 할 전투 한번 제대로 해보지 못한 채 전쟁은 사십여 일만에 끝이 납니다.

그리고 치욕적인 항복 의식이 이루어졌던 그곳에는 삼전도비가 세워집니다. 비문에는 청나라가 조선에 출병한 까닭과 조선이 항복한 사실, 청 태종이 별다른 피해를 주지 않고 군사를 거두어들였다는 내용 등 왜곡된 사실이 기록되어 있습니다. 당시 굴욕적인 비문을 써야 했던 한성판윤 오준은 글씨를 썼던 오른손을 돌로 찍어 못 쓰게 만들고 다시는 글을 쓰지 않았다고 전해집니다.

전쟁으로 인해 조선은 참담한 피해를 입었습니다. 죽거나 다친 이들이 수만에 이르렀습니다. 끝까지 청나라에 저항할 것을 주장했던 홍익한, 오달제, 윤집은 청나라에 끌려가 모두 처형을 당합니다. 이들을 기려 따로 삼학사라고 부르기도 하지요. 인조의 두 아들도 무사하지 않았습니다. 소현 세자와 봉림 대군은 볼모로 청나라 심양 땅으로 끌려가는 굴욕을 당했지요.

무엇보다 안타까운 것은 마치 전리품처럼 청나라에 끌려간 백성입니다. 세월이 흐른 뒤에 일부가 돌아오기는 했지만 그들은 슬픈 운명에서 벗어날 수 없었습니다. 특히 여성들에게는 가혹한 운명이 기다리고 있었습니다. 청나라에 끌려가 정절을 잃었다고 해서 남편들이 이혼을 요

『박씨전』

구했고 사회적으로 따돌림을 받기도 했습니다. 죽지 않고 살아 돌아온 것이 죄가 되는 시절이었습니다. ●

고 기자의 추천작

『임진록』 작자 미상의 역사 군담 소설로 임진왜란 패배에 대한 정신적 보상을 위해 지어진 것으로 보인다. 민족적 영웅인 이순신, 강홍립, 정충남, 김덕령, 사명당 등의 활약상을 그리고 있다. 이 중에서 일본에 건너가 일본 왕의 항복을 받아온 사명당의 이야기가 널리 알려져 있다. 내용이나 형식면에서 완결성이 미흡하지만 주체적인 민족 정서를 다룬다는 점에서 의의가 있다.

『홍계월전』 작자 미상의 역사 군담 소설로 여성이 주인공으로 활약하는 내용을 담고 있다. 중국 명나라를 배경으로 여장군 계월의 무용담이 펼쳐진다. 남성의 전유물이던 권위를 여성에게 부여하며 새로운 여성상을 제시한 소설로 평가받고 있다.

5

남쪽으로 쫓겨 간
현모양처

『사씨남정기』

김만중
1637~1692

조선 숙종 때의 문신으로 호는 서포이다. 서인에 속했으며 공조 판서, 대사헌 등을 지냈으나 숙종 시절 잦은 환국으로 관직을 삭탈당했다가 복직되는 일을 반복했다. 결국에는 정적의 탄핵으로 남해 노도에 유배되어 그곳에서 죽었다. 국문으로 쓴 문학이 진정한 우리 문학이라는 주장을 펼쳤으며 소설이 널리 인정되는 데에 기여하였다.

소설의 가치를
높이다 ─

조선 시대에는 수많은 소설이 지어졌습니다. 사람들이 그만큼 흥미로운 이야기를 좋아했기 때문이지요. 하지만 처음부터 소설을 즐긴 것은 아니었습니다. 특히 사대부들은 소설을 아주 수준 낮은 글이라고 생각했습니다. 소설(小說)이라는 명칭만 봐도 알 수 있지요. 한자의 의미를 풀어 보면 '작은 이야기'인데 이것은 민간에 떠도는 그저 그런 이야기라는 뜻이었습니다.

조선 시대 사대부들은 유학을 가장 중요하게 여겼습니다. 그러다 보니 글 속에도 진정한 교훈이 담겨 있어야 한다고 생각했습니다. 오락거리나 비현실적인 이야기는 욕을 먹기 마련이었죠. 사대부들은 귀신이 등장하는 등의 해괴망측한 이야기나 흥미 위주의 이야기들을 싫어했습니다. 그래서 소설을 짓더라도 작가를 밝히지 않는 경우가 많았습니다. 더더구나 한자가 아닌 국문, 즉 한글로 지어진 소설은 더더욱 천하게 여겨졌습니다. 아예 국법으로 읽는 것을 금지한 소설도 더러 있었습니다.

그런 인식을 바꾸어 놓은 인물이 바로 서포 김만중입니다. 그는 홀로 계신 어머니를 기쁘게 하려는 마음에서 소설을 썼는데, 효의 실천이라는 점이 소설에 대한 사대부의 편견을 바꾸는 계기가 되었습니다. 더 놀라운 것은 그가 다른 사대부들과 달리 국문으로 쓰는 것을 부끄럽게 여기지 않았다는 점입니다. 그는 제 말을 버리고 남의 나라 말을 배우는 것을 앵무새가 사람의 말을 흉내 내는 데 지나지 않는다고 생각하고 국문으로 작품을 지었습니다.

이런 바탕 위에서 태어난 소설이 바로 『구운몽』과 『사씨남정기』입니다. 두 작품 중 『사씨남정기』를 감상해 보도록 하지요. 제목만 보면 사씨 부인이 자기 집을 떠나 남쪽에서 헤매고 다닌다는 이야기인데요, 대체 무슨 일이 일어난 것일까요? ●

『사씨남정기』

중국 명나라 세종 때의 일이다. 금릉 순천부°에 인품이 훌륭하고 높은 벼슬에 오른 유현이라는 사람이 살았다. 그는 아내 최씨와 사이가 좋았으나 자식이 없어 늘 근심이 많았다. 그러다 뒤늦게 자식을 얻었는데, 안타깝게도 부인 최씨는 아들을 낳고 세상을 떠났다. 부인도 세상을 떠나고 조정에서는 소인배들이 권세를 부리자 유현은 미련 없이 벼슬을 그만두고 집에 돌아와 세월을 보냈다.

한편 유현의 아들 연수는 어려서부터 총명하여 열다섯 살에 장원 급제하여 한림학사가 되었다. 유 한림°°이 급제하자 좋은 집안에서 시도 때도 없이 청혼을 해 왔지만 유씨 집안은 이를 물리치고 어진 며느리를

° 금릉 순천부 지금의 북경.
°° 유 한림 한림학사가 된 유연수를 가리킨다.

구하고자 했다. 유현은 동생 두 부인과 함께 아들 연수의 배필을 찾았다. 두 부인은 두씨 집안에 시집을 갔으나 남편을 일찍 잃고 유현의 집에서 연수를 돌보던 중이었다. 두 부인은 연수의 배필을 누구로 정할지 고민하다가 머릿속에 한 사람을 떠올렸다.

"제가 잘 아는 여자 스님이 있습니다. 묘혜라는 분이지요. 이분이 몇 년 전에 사씨 집안의 처녀를 침이 마르도록 칭찬한 적이 있는데 그 사람을 한번 알아보겠습니다."

신중한 두 부인은 묘혜 스님의 도움을 얻어 사씨 처녀가 연수의 아내로 정말 마땅한지 시험해 보기로 했다. 두 부인은 묘혜 스님에게 관음보살이 그려진 귀한 그림을 내어놓으며 사씨 처녀에게 그림과 어울리는 시를 짓게 하도록 했다.

그림을 본 사씨 처녀는 침착하게 시를 써 나갔다. 사씨 처녀는 빼어난 글귀와 차분하고 온화한 성품으로 묘혜 스님을 감동시켰다. 그뿐만 아니라 사씨 처녀는 그림 속에 있는 관음보살처럼 용모가 아름답고, 지혜와 재주, 덕성을 두루 갖추고 있었다. 두 부인에게 이야기를 전해 들은 유현은 두 사람의 혼인을 결정했다. 혼인날 유현은 며느리 사씨에게 집안 대대로 내려오는 옥지환을 건네주며 유씨 집안 식구가 된 것을 진심으로 축복해 주었다.

혼례를 올린 후, 유 한림도 아내 사씨를 진심으로 위해 주었고, 사씨는 집안의 여러 종들한테까지 자비를 베풀며 가정을 화목하게 이끌었다. 그렇게 서너 해가 흐른 뒤, 안타깝게도 유현은 병이 들어 세상을 떠

낳고 유 한림과 사씨 부인은 정성으로 삼년상을 마쳤다.

사씨 부인은 유 한림과 금슬이 좋았지만 부부가 된 지 구 년이 지나도록 아기가 생기지 않았다.

"아무래도 제가 몸이 허약하여 자식이 없나 봐요. 후손된 도리로서 아들을 낳아 제사를 모시게 해야 할 텐데 제 대신 다른 여인을 두시는 것이 어떨까요?"

"안 될 말이오. 첩이 있으면 집안의 화목이 깨지는 걸 모르시오?"

첩을 들이자는 사씨의 말에 유 한림은 강력히 반대했지만 사씨 부인은 조용히 사람을 시켜 첩으로 들일 만한 여인을 알아보았다. 그러자 이번에는 유 한림의 고모인 두 부인이 나섰다. 유 한림의 아버지 유현이 병으로 세상을 떠난 뒤, 두 부인은 유 한림과 사씨에게 부모나 다름없는 사람이었다.

"이보게, 첩이 있으면 집안이 어지러워지네. 착한 사람이 들어온다면 그나마 다행이지만 그렇지 않다면 불행이 생길 수 있네. 이 말을 명심하게나."

두 부인이 염려하며 사씨를 말렸지만 끝내 설득하지는 못했다. 이틀후, 사씨에게 중매쟁이가 찾아왔다.

"마님, 드디어 첩으로 들일 여인을 찾은 것 같습니다. 성은 교씨고, 이름은 채란입니다. 본래 벼슬하던 집 딸이었지만 부모를 잃고 지금은 언니와 함께 살고 있답니다. 스스로 말하길 가난한 선비의 아내가 되느니

좋은 가문의 첩이 되는 게 좋겠다고 합니다. 얼굴이 아름답고 재주도 뛰어난 여인입니다."

"본래 벼슬하던 집안이라면 그 성품과 행실이 천한 사람과는 분명히 다르겠구나. 이 사람이라면 좋겠다."

사씨는 거절하는 유 한림에게 교씨를 첩으로 들이라고 거듭거듭 권하였고 마침내 유 한림도 더 이상 거부하지 못하고 교씨를 첩으로 맞아들였다. 유 한림은 교씨가 거처하는 곳을 백자당이라 이름 짓고 납매를 비롯해 다섯 명의 몸종에게 교씨를 시중들게 했다. 교씨는 영리하고 깔끔했으며 유 한림과 사씨에게도 예의를 깍듯이 갖추었다. 집안사람 모두 아름다운 교씨를 좋아했지만 오로지 두 부인만은 얼굴에 어두운 기색이 가득했다.

교씨는 집안에 들어온 지 반년도 지나지 않아 임신을 했다. 식구들은 모두 기뻐했지만 정작 교씨는 아들이 아니라 딸을 낳을까 봐 마음이 편치 않았다. 이 모습을 본 교씨의 계집종 납매가 십랑이라는 무당을 불러서 배 속에 어떤 아이가 있는지 살피게 했다.

"틀림없이 딸입니다. 하지만 부인께서 사내아이를 원하신다면 제가 도인에게 배운 술법으로 아들을 낳게 해 드릴 수 있지요."

무당의 말에 귀가 솔깃해진 교씨는 여러 장의 부적을 받아 이부자리 속에 넣어 두었다. 몇 달 후 신기하게도 교씨는 사내아이를 낳았다.* 아

• 『사씨남정기』는 고전 소설임에도 불구하고 우연성이 별로 없고 주된 내용들이 현실에 바탕을 두고 있다. 하지만 합리적으로 설명되지 않는 전기성(傳奇性)을 띤 부분도 더러 있다.

기의 이름은 장주라 지었다. 식구들은 모두 장주를 사랑했고, 사씨 부인도 진심으로 장주를 아끼고 사랑했다.

그러던 어느 날, 사씨 부인은 차를 마시다가 문득 거문고 소리를 들었다. 그 소리는 사람의 마음을 녹일 듯 빼어났다. 알고 보니 그것은 교씨가 사내의 마음을 사로잡기 위해 비밀리에 거문고를 배우며 즐기는 소리였다. 사씨는 교씨를 불러 조용히 타일렀다.

"훌륭한 솜씨이긴 하지만 남자를 유혹하고 가정을 어지럽힐 수 있으니 조심했으면 좋겠소. 내가 나무랐다고 서운하게 생각하거나 마음 쓰지는 마시구려. 허물이 있다면 서로 말해 주는 게 좋지 않겠소. 나중에 내게도 잘못이 있다면 언제든 말해 주시오."

교씨는 몹시 부끄러워하며 사씨의 말에 수긍하는 척했다. 하지만 유한림에게는 마치 자신이 억울한 일을 당한 것처럼, 또 사씨가 교씨를 질투하고 있는 것처럼 말을 건넸다.

"부인께서 제게 너무하셨습니다. 제가 천박한 노래로 대감을 홀려서 사랑을 독차지하려고 한다면서 그러다가는 큰 벌을 받을 것이며, 목숨을 지키기도 어려울 거라고 협박까지 하셨답니다."

하지만 교씨의 이런 모함에도 유 한림은 흔들리지 않았다. 그러자 교씨의 마음은 차츰 불안해졌다.

교씨를 초조하게 만든 일이 또 일어났다. 그토록 아기가 없던 사씨가 마침내 임신하여 아들 인아를 낳은 것이다. 집안의 경사였지만 교씨는 기뻐할 수가 없었다. 더군다나 유 한림이 사씨가 낳은 아들 인아를 총애

하고 자신이 낳은 아들 장주는 멀리한다는 말을 몸종에게 전해 듣자 교씨는 더욱 초조해져서 흉계를 꾸미기 시작했다.

때마침 유 한림의 집에는 동청이라는 자가 와 있었다. 동청은 글씨가 매우 뛰어난 사람으로 유 한림은 그에게 편지와 같은 글 쓰는 일을 맡기고 있었다. 하지만 사씨 부인은 동청의 소문이 좋지 않다며 그를 경계했다.

교씨는 사씨로부터 의심을 받는 동청에게 접근하여 자신과 뜻이 맞는 것을 확인했다. 교씨는 동청에게 사씨 글씨를 흉내 내어 '교씨와 그 아들 장주가 죽기를 바라노라.'라는 글을 쓰게 한 뒤, 여종 납매를 시켜 유 한림에게 전해 주었다. 마치 사씨 부인이 교씨와 그의 아들 장주를 저주하는 것처럼 꾸민 것이다.

교씨와 동청의 악행은 계속되었다. 그들은 사씨가 시아버지에게 받았던 옥지환을 훔쳐 다른 사내에게 건네주었다. 그리고 다른 사내가 옥지환을 가지고 있는 모습을 유 한림이 우연히 보게 만들었다. 집안 대대로 내려오는 옥지환을 다른 사내가 지니고 있으니 마치 사씨 부인이 다른 남자와 정이라도 통한 것처럼 오해할 수 있는 상황이었다.

사정이 이렇게 되자 유 한림은 조금씩 사씨를 의심하기에 이르렀다. 그러나 고모인 두 부인이 어진 사람을 의심하는 것은 어리석은 짓이라고 경계하여 사씨는 가까스로 위기를 모면했다. 하지만 교씨와 동청은 악행을 멈추지 않았다. 그들은 사씨 부인을 감싸던 두 부인이 아들을 따라 멀리 남쪽 지방인 장사로 떠나자 이때구나 싶어서 장주를 살해한 뒤,

그 죄를 사씨에게 뒤집어씌웠다. 사씨를 모함하고 자신들의 이익을 챙기기 위해 자기가 낳은 아들까지 살해한 것이다. 마침내 유 한림은 교씨와 동청에게 속아 사씨 부인을 내쫓는 글을 조상께 올렸다.

사씨는 처음 우리 가문에 들어올 때는 예법을 어김이 없더니 처음과 나중이 한결같지 못해서 갈수록 음흉하고 불미스러운 일을 만들었으므로 집 밖으로 쫓아냄이 마땅하고…… 교씨는 비록 첩으로 들어왔으나 지혜와 덕을 고루 갖춰 정실로 삼는 게 마땅하며…….

집에서 쫓겨난 사씨는 친정으로 돌아가지 않았다. 사씨는 유 한림이 교씨의 농간에 빠져 사리 분별이 흐려졌다고 생각했다. 언젠가 모든 일이 밝혀지면 다시 유씨 집안으로 들어갈 수 있다는 믿음을 가지고 유씨 가문의 선산 근처에 작은 초가집을 얻어 지냈다. 여종 한 명과 유모, 그리고 늙은 사내종만이 사씨를 따랐다.

이 소식을 들은 교씨와 동청은 훗날 사씨가 또다시 유 한림과 가까워질 것을 염려해 또 다른 흉계를 꾸몄다. 이들은 사씨를 납치해서 다른 사내와 억지로 혼인시키면 사씨가 더 이상 유씨 집안에 발을 붙이지 못할 것이라고 생각했다. 두 부인이 글을 쓴 것처럼 편지를 위조하여 사씨를 집 안에서 끌어내 납치할 계획을 세웠다. 하지만 그날 다행히 사씨의 꿈속에 시아버지 유현이 나타나 사태의 위급함을 알려 주었다.

"네가 억울한 일을 당했다는 것을 나는 다 안다. 지금부터 내가 하는 말을 명심하거라. 너는 다른 생각은 하지 말고 지금 당장 남쪽으로 오천 리를 도망가거라. 그러지 않으면 끔찍한 일을 당할 것이다. 그리고 앞으로도 칠 년 동안 더 고생할 운명이니 아무리 괴로운 일이 있더라도 꾹 참고 견뎌야 하느니라. 그리고 이것만은 반드시 명심해라. 지금부터 육 년 후 사월 보름 저녁에 백빈주*에 배를 대고 기다려야 한다. 그러다가 누군가에게 쫓기는 사람을 보거든 얼른 구해 주거라. 그러면 너의 고생도 끝날 것이다.”

꿈에서 깨어난 사씨는 자기를 납치하려던 무리를 따돌리고 시아버지의 말에 따라 남쪽으로 향했다. 마침 두 부인이 남쪽 지방 장사에 살고 있었고 무슨 일이 생기거든 자신을 찾아오라는 말을 남긴 터라 사씨는 어떻게든 장사로 가려고 했다. 뱃길을 따라 무려 오천 리였다. 그러나 장사에 거의 다다랐을 때 사씨는 두 부인이 아들을 따라 이미 다른 곳으로 떠났다는 말을 전해 듣게 되었다.

따르던 늙은 종도 죽고 험하디험한 피신 길에 몸과 마음이 지친 사씨는 자신의 처지를 비관해 스스로 목숨을 끊으려 했다. 마침 사씨가 지나던 곳은 굴원**이라는 충신이 모함을 받고 물에 빠져 죽은 곳이었다. 사씨가 강물에 몸을 던지려 하자 유모와 계집종이 사씨를 붙들고 통곡했고 사씨는 정신을 잃고 쓰러졌다.

• 백빈주 흰 마름꽃이 피어 있는 물가.
•• 굴원 중국 전국 시대의 정치가이자 시인. 학식이 뛰어나 초나라의 관리로 활약했으나 모함을 받고 유배되자 장사의 멱라수에 빠져 스스로 목숨을 끊었다.

『사씨남정기』

그때였다. 한 소녀가 사씨의 눈앞에 나타났다. 소녀는 사씨에게 기다리는 사람이 있으니 따라오라고 일렀다. 소녀가 안내한 곳은 대나무 숲속에 있는 궁궐이었다. 그곳에서 사씨는 순임금°의 두 왕비, 아황과 여영을 만났다. 그중 아황이 말했다.

"부인은 조금 전에 하늘을 원망했지만 하늘은 결코 무심하지 않소. 그대는 너무 조급하게 생각하지 마시오. 그대의 복은 무궁하니 지금 닥친 어려움을 이겨 내면 그대는 반드시 빛나는 사람이 될 것이오. 아직은 이곳에 오려고 하지 말고 다시 세상으로 돌아가시오."

사씨는 두 사람에게 위로를 받고 절을 올린 뒤 궁궐에서 나왔다. 그때 하늘에서 진주 구슬이 떨어지는 소리가 요란하게 들렸다. 그 소리에 놀라 사씨는 잠에서 깨어났다.

정신을 차린 사씨는 유모와 계집종을 데리고 꿈에서 간 길을 되짚어 갔다. 대나무 숲길을 따라 들어가 보니 꿈에서 보았던 아황과 여영의 사당이 있었다. 사씨 일행은 그곳에서 밤을 보내기로 했다. 그런데 정체 모를 그림자 두 개가 서서히 사씨 일행에게 다가왔다. 여승과 소녀였다.

"소승은 동정 호수의 군산사에서 살고 있습니다. 관음보살께서 꿈에 나타나셔서 어진 부인이 어려움을 만나 갈 곳을 모르고 강물에 빠지려 하니 얼른 가서 구해 오라 하셔서 이렇게 온 것입니다."

마침내 사씨는 여승의 도움을 받아 동정 호수 한가운데 있는 군산사

• 순임금 고대 중국의 전설적인 임금으로 효행이 뛰어나 요임금으로부터 천하를 물려받았다.

의 수월암에 머물게 되었다. 그곳에서 사씨는 깜짝 놀랄 만한 그림 한 점을 보았다. 자애로운 관음보살상 그림이었다. 그림 옆에는 시구절이 쓰여 있었는데 그것은 사씨가 시집오기 전, 관음보살상을 보고 쓴 시였다. 사씨는 지난날을 떠올리며 눈물을 흘렸다. 이 모습을 지켜보던 여승은 앞에 있는 부인이 십육 년 전 자신이 유 한림의 아내로 추천했던 사씨 처녀인 것을 떠올렸다.

"이럴 수가, 부인! 소승은 십육 년 전 부인의 시를 받았던 묘혜입니다. 그 시절 두 부인께 부탁을 받아 관음보살상에 어울리는 시를 받아 갔었죠."

두 사람은 몹시 반가워하며 그간에 일어났던 여러 일들을 주고받았다. 그러던 중 사씨는 꿈속에서 시아버지가 말했던 '백빈주'가 동정 호수 남쪽에 있고, 자신이 있는 수월암과 가깝다는 것도 알게 되었다.

한편 정실이 되어 안채를 차지한 교씨는 종들에게 악독하게 구는가 하면, 유 한림이 집을 비울 때는 백자당에서 동청과 잠자리를 같이하는 등 뻔뻔스러운 행동을 일삼았다. 하루는 유 한림이 일찍 들어와 교씨가 백자당에 머문 까닭을 묻자, 안채가 불편해서 잠을 이루기 어렵기 때문이라고 답했다.

"부인 말이 맞소. 나도 잠이 들면 정신이 혼미하고 불편하더군. 사람을 불러 물어보겠소."

이 시절 유 한림은 병을 핑계 대고 궁궐에 잘 나가지 않았다. 권세가

였던 엄 승상이 귀신 이야기로 황제의 정신을 어지럽혀 조정이 뒤숭숭했기 때문이다.

하루는 유 한림과 친한 도사 도진인이 문병을 왔다. 한림은 도진인에게 안채의 기운을 살펴 달라는 부탁을 했다. 도진인은 한참을 살펴본 후, 벽을 뜯어내더니 나무로 만든 조그만 인형들을 꺼냈다.

"이것들은 사람을 해치려고 한 것은 아닙니다. 다만 그대의 사랑을 더 받으려고 만든 물건인 것 같소. 그래도 사람의 정신을 어지럽힐 수 있으니 없애는 편이 좋겠소."

이 말을 들은 유 한림은 혼란에 빠졌다. '집을 떠난 사씨가 나무 인형을 숨겼을 리도 없으니 대체 누가 이런 일을 꾸몄단 말인가.' 마침 그때 두 부인에게 편지가 왔다. 사씨에 대한 오해를 풀고, 교씨를 조심하라는 내용이었다. 유 한림은 지난 일을 더듬어 보고는 뭔가 앞뒤가 맞지 않는다는 생각에 이르렀다. 눈치 빠른 교씨는 이를 동청에게 알렸고 동청은 언젠가 유 한림이 모든 사실을 알게 될까 두려워 또다시 흉계를 꾸몄다.

어느 날 오후 유 한림은 당시 권력을 잡고 있던 엄 승상을 비난하는 글을 방에 써 둔 채 잠시 자리를 비웠다. 이때를 놓칠세라 동청은 이 글을 가지고 엄 승상을 찾아가 유 한림을 모함했다. 얼마 후 황제는 유 한림을 멀리 행주 땅으로 귀양 보냈다. 행주는 북쪽에만 살던 유 한림에게 견디기 어려운 곳이었다. 이 일로 동청은 엄 승상의 신임을 얻어 벼슬길에 올랐고 사악한 교씨와 환락을 누렸다.

교씨와 동청은 몸종 설매를 시켜 사씨의 아들 인아를 강물에 빠뜨려

없애려고 했다. 그러나 차마 인아를 해칠 수 없었던 설매는 인아를 갈대 수풀 속에 곱게 뉘어 놓고는 교씨에게 인아를 죽였다고 거짓말했다.

한편 귀양길에 나선 유 한림은 그제야 사씨가 참된 사람임을 깨달았다.

"나를 이 지경으로 만든 것은 아무래도 동청이 틀림없어. 책상 위에 써 둔 글을 누가 가져다가 임금께 이를 수 있을까? 예전에 사씨가 동청과 가까이하지 말라 했는데 그 말을 듣지 않아 결국 이렇게 되었구나. 사씨는 참으로 사리가 밝은 사람이었어. 죄 없는 부인을 쫓아냈으니 조상님을 어떻게 뵐 수 있을까?"

세월이 흘러 황제가 아들을 태자로 삼고 이를 축하하기 위해 많은 죄인을 방면했는데 이때 유 한림도 귀양을 끝낼 수 있었다. 귀양지를 떠나던 유 한림은 우연히 교씨의 몸종 설매를 만나 교씨와 동청이 사씨를 모함한 일과, 아들 장주를 죽이고 인아마저 죽이려던 일을 듣고 분개했다. 하지만 오히려 동청이 보낸 무리에게 쫓기는 신세가 되어 물에 빠져 죽을 지경에 이르고 말았다.

한편 사씨는 꿈속에서 만난 시아버지가 육 년 뒤, 사월 보름 백빈주에서 사람을 구해야 한다고 했던 말을 떠올렸다. 사씨의 말을 전해 들은 여승 묘혜는 배를 타고 백빈주로 나갔는데 마침 그곳에 죽을 처지에 놓인 사람이 있었다. 바로 동청의 무리에게 쫓기고 있던 유 한림이었다. 묘혜는 죽을 위기에 처한 유 한림을 구출하여 사씨가 거처하는 암자로 돌아왔다. 사씨를 본 유 한림은 반가움과 부끄러움에 고개를 들지 못했다.

"부인! 이것이 꿈이오, 생시오? 참으로 부끄러워 얼굴을 들지 못하겠소. 제발 못난 나를 용서하시오."

이렇게 두 사람은 재회했다. 한편, 그 무렵 궁궐에서는 황제가 엄 승상의 간악함을 알아채고 그를 파직했다. 황제는 엄 승상의 덕으로 벼슬과 재물을 얻은 동청의 목을 베었으며 평소 엄 승상을 비판하던 유 한림에게는 높은 벼슬을 내렸다. 유 한림은 사씨와 고향 집에 돌아와 잃었던 아들 인아까지 되찾았다. 한편 동청이 죽은 뒤 기생이 되어 떠돌던 교씨는 마침내 붙잡혀 죽음으로써 죗값을 치렀다. ●

국문 소설의 선구자, 김만중

우리글의 가치를 깨우치다

고 기자 ● 이곳은 경남 남해의 노도라는 작은 섬입니다. 한양 땅, 그러니
까 서울에서 아주 먼 곳이죠. 지금은 남해까지 다리가 놓여 있지만 조
선 시대에는 배를 두 번이나 타야만 이곳 노도까지 올 수 있었다고 합
니다. 그런데 제가 왜 여기까지 왔냐고요? 서포 김만중 선생님을 만나
뵈려고 그런 거죠. 선생님은 정치적 반대 세력에게 밀려 이렇게 험한
곳까지 유배를 오셨네요. 아, 저기 계시는군요. 바닷가에서 작품을 구
상하고 계신 모양입니다. 선생님! 안녕하세요.

김만중 ● 네. 안녕하세요. 여기까지 무슨 일로 오셨나요?

고 기자 ● 선생님께서 쓰신 『사씨남정기』가 한양에서 큰 화제가 되었거
든요. 그래서 인터뷰를 요청드리러 왔습니다. 노도는 서울에서 정말
머네요. 뱃멀미하느라 혼났습니다. 그런데 표정이 안 좋으시네요. 무
슨 일이라도 있으신가요?

김만중 ● 벌을 받고 있는 사람이 웃을 수야 없지요. 못난 자식 때문에 홀

로 지내실 어머님을 생각하니 마음이 불편하군요. 제가 보내 드린 소설은 잘 읽고 계신지 모르겠어요. 지난번 『구운몽』은 아주 즐겁게 읽으셨다고 소식이 왔는데 이번 『사씨남정기』는 어떠셨을지…….

고 기자 ● 말도 마세요. 육지에서는 난리가 났는걸요. 교씨를 잡아서 혼쭐을 내야 한다고 성화가 이만저만이 아닙니다. 선생님께서 우리글로 작품을 써 주신 덕분에 사람들이 두루두루 많이 읽게 됐죠. 사실 저도 선생님께서 한문으로 소설을 쓰셨다면 책을 못 읽었을 겁니다. 혹시 우리글로 작품을 쓰신 이유가 따로 있으신가요?

김만중 ● 본래 말과 글이란 사람의 마음이 입을 통해 나타난 것입니다. 그런데 자기 말은 버려두고 다른 나라 말을 배워서 표현한다면 이것은 앵무새가 사람의 말을 따라 하는 것과 다르지 않죠. 저는 평소 사대부들이 한자로 지은 시보다 물 긷는 아낙네나 나무하는 아이가 흥얼거리는 노랫소리가 더 훌륭하다고 생각했습니다. 진실한 마음이 담겨 있으니까요. 제가 소설을 우리글로 지은 것은 이런 이유 때문이죠.

고 기자 ● 저는 어머님이 쉽게 읽으시라고 그러신 줄 알았는데, 우리글에 대해서도 이렇게까지 깊게 생각하셨군요. 그 덕분에 선생님 소설은 양반, 상민 할 것 없이 두루 읽고 여성들도 즐겁게 읽는다고 하더라고요. 상공업이 발달하면서 경제적으로 여유가 생겨서 그런지 사람들이 세책가*에서 책을 빌려 읽는 게 유행처럼 퍼지고 있는데, 그중에

---

* 세책가 책을 빌려주거나 낭독해 주는 것을 업으로 삼는 가게. 조선 후기 고전 소설이 감상되고 유통되는 하나의 통로였다.

『사씨남정기』

117

서도 선생님 소설이 인기가 높다네요.

조선 시대에는 첩을 둘 수 있어서 처첩 사이에 갈등이 꽤 있었을 텐데요, 그래서 이 작품에 감정을 이입하는 여인들이 많았던 것 같아요. 소설을 싫어하던 사대부들도 이 소설만큼은 아주 즐겨 읽던데요?

김만중 ● 그럴 리가요? 사대부들은 소설을 아주 천하게 여길 텐데.

고기자 ● 우선 주인공 사씨가 사대부들의 이상형인 현모양처잖아요. 이 야기를 들어 보니 사씨가 부인의 도리를 잘 갖추고 있다며 오히려 사대부들이 여성들에게 읽어 보라며 직접 추천한다는데요. 게다가 선생님께서 어머니를 위해 쓴 소설이라는 게 알려지면서 소설에 대한 편견도 깨지는 것 같더라고요. 선생님을 따라서 소설을 쓰는 사대부들이 생겼을 정도니까요.

김만중 ● 말씀만 들어도 참 고맙습니다. 제 소설이 이렇게까지 호응을 얻을 줄 몰랐네요.

소설로 정치를 말하다

고기자 ● 항간에는 선생님 소설에 다른 의도가 있다고 생각하는 사람들도 꽤 있습니다. 『사씨남정기』의 내용이 궁중에서 일어난 일과 아주 비슷하다면서요?

김만중 ● 사씨가 억울하게 쫓겨난 것이 현실에서 인현 왕후가 장 희빈 때문에 궁궐에서 쫓겨난 일과 비슷해서 그럴 겁니다. 우리가 흔히 장 희빈이라 부르는 여인의 본명은 장옥정입니다. 본래 궁녀로 들어왔다가 숙종의 눈에 띄어 사랑을 받은 인물이죠. 그런데 그 행실이 좋지 않아서 임금의 어머니인 명성 대비께서 궁 밖으로 쫓아내 버렸습니다.

고기자● 그런데 어떻게 다시 궁으로 되돌아온 건가요?

김만중● 그게 참 재미있어요. 장옥정을 궁으로 다시 불러들인 게 인현 왕후거든요. 임금의 사랑을 받았던 궁인을 궁궐 밖에 오래 두는 것이 보기에 안쓰러웠던지 인현 왕후가 임금께 직접 청해서 장옥정을 궁궐로 불러들인 거죠. 여기에는 인현 왕후가 아이를 낳지 못했다는 이유도 있었을 거예요. 그러니까 장옥정은 인현 왕후가 아니었으면 궁궐로 돌아올 수도 없었어요. 그런데 궁에 다시 들어온 장옥정은 왕의 총애를 받자 오만방자해졌습니다. 인현 왕후의 말도 잘 듣지 않았죠.

고기자● 저도 그 이야기를 들은 적이 있어요. 그래서 인현 왕후가 장옥정을 회초리로 때리라는 명을 내리기도 하잖아요. 그리고 장옥정을 견제하려고 왕에게 꿈 이야기까지 들려줬다고 하던데요. 선대 임금께서 꿈에 나타나 장옥정이 전생에 짐승이었고 그래서 아기를 낳지 못할 것이며, 훗날 역모의 무리와 결탁하여 국가에 해를 끼칠 것이라고 말했다는 내용이었지요?

김만중● 하지만 대세를 돌이킬 수는 없었어요. 임금의 마음은 장옥정에게 기울어져 있었죠. 게다가 얼마 후 장옥정이 임금의 아들을 낳았으니까요. 숙종은 장옥정을 단번에 빈˙으로 삼죠. 그러고는 인현 왕후가

˙ 빈 조선 시대에 후궁에게 내리던 정일품 내명부의 품계.

까닭 없이 장 희빈을 험담하고 모함한다며 왕후의 자리에서 쫓아냈어요. 그 후 장 희빈을 새로운 중전으로 삼았습니다.*

고 기자● 이렇게 보니 유 한림과 숙종, 사씨와 인현 왕후, 교씨와 장 희빈은 진짜 비슷하네요. 사씨가 교씨를 집으로 불러들인 것도 그렇고, 교씨가 사씨 말을 듣지 않고 흉계를 꾸며 쫓아내는 것도 그렇고요. 일부러 의도하고 이렇게 쓰신 건가요?

김만중● 글쎄요. 상상에 맡기겠습니다.

고 기자● 중요한 순간에 발을 빼시네요, 하하. 하지만 이 소설은 당대는 물론 후세에까지 정치 문제를 다룬 소설로 사람들에게 읽히고 있습니다. 가정 안에서 처첩의 갈등을 다루면서도 그 당시 정치 현실과 유사한 점이 많아서 현실을 비유적으로 표현한 소설로 읽히는 것 같습니다. 또 개인의 헛된 욕망이 얼마나 덧없는 것인지 깨닫게 해 주는 작품이기도 하고요.

김만중● 제 작품을 다양한 각도에서 읽어 주시니 감사합니다.

고 기자● 마지막으로 궁금한 게 있는데, 이곳 노도까지 오면서 사람들이 노래하는 걸 들었더니 "장다리는 한철이요, 미나리는 사철이다."라고 하던데 이게 무슨 뜻인가요? 미나리는 우리가 즐겨 먹는 야채인

●『연려실기술』 등은 인현 왕후가 폐위된 경위에 대한 임금의 말을 이렇게 전한다. "부인들의 투기는 옛날에도 있었지만, 감히 선왕의 말까지 빌려 가며 이렇게 극심한 지경에까지 이른 적은 없다. 원자(장 희빈의 아들)가 태어난 후로, 중궁(인현 왕후)이 원망하고 노여워하는 빛이 많으니 종묘사직에 화를 끼칠 것이다. 이에 하루도 국모 노릇을 할 수 없을 것 같으니 폐출하라 명하는 바이다."

것 같고 장다리는 뭐죠?

김만중 ● 아, 그게 장다리는 무나 배추의 꽃줄기를 말하죠. 사실 그 노래에서 장다리는 장 희빈을 가리키고, 미나리는 민씨 성을 지닌 인현 왕후를 뜻합니다. 장 희빈의 세상이 얼마 안 갔으면 좋겠다는 의미로 지어 부른 거죠.

고 기자 ● 아, 그럼 노래대로 된 거네요. 나중에 장 희빈이 사약을 먹고 죽었으니까요. 권력이란 참으로 허무한 것이로군요. ●

『사씨남정기』

숙종은 붕당 정치가 만든 바람둥이?

서포 김만중이 활동했던 시절, 조선의 임금은 숙종이었습니다. 숙종은 그 어느 임금보다 여인들의 문제로 골치를 앓았죠.

먼저 숙종의 첫 번째 아내 인경 왕후는 안타깝게도 스무 살 꽃다운 나이에 죽었습니다. 그 후 맞이한 두 번째 아내가 서인의 세력가였던 민유중의 딸인 인현 왕후입니다. 이 분은 인자하고 덕을 갖춘 분으로 지금까지 널리 알려져 있죠. 하지만 숙종은 인현 왕후를 궁에서 쫓아내고 다른 여인을 왕후로 내세웠습니다. 우리가 흔히 장 희빈이라고 부르는 장옥정이죠. 숙종은 얼마 후 또 다른 궁녀에게 마음을 빼앗겼습니다. 원래 무수리*였는데 연잉군**을 낳아 숙빈이 된 최씨입니다. 장 희빈에게서 마음이 떠난 숙종은 장 희빈을 다시 후궁으로 주저앉히고 인현 왕후를 중전으로 복위시킵니다.

아무리 임금이어도 그렇지, 어떻게 이처럼 쉽게 마음을 바꿀 수 있을

• 무수리 궁중에서 청소 일을 맡은 여종.
•• 연잉군 훗날의 영조. 장 희빈의 아들인 경종에 이어 왕위에 오른다.

까요? 숙종은 바람둥이? 아니면 바람에 흔들리는 갈대? 그러나 숙종이 자주 마음을 바꾼 데에는 오히려 정치적인 이유가 더 컸을 수 있습니다.

조선 시대에는 붕당이 서로 경쟁하는 일이 흔했습니다. 붕당은 현대 정치의 정당과 유사한 개념으로 조선 중기에 형성되었습니다. 주로 학문의 성향이나 정치적 입장이 비슷한 사람들이 무리를 이루고 있었죠. 붕당은 선조 시절부터 등장했는데 초기에는 동인과 서인 두 개의 붕당이 경쟁했습니다. 하지만 이후 동인은 남인과 북인으로 갈라서고, 서인은 노론과 소론으로 나뉘는 등 복잡하게 분열했습니다.

서로 다른 정치적 견해를 지닌 이들이 경쟁하고 갈등하는 것은 나쁜 일이 아닙니다. 권력을 견제하는 순기능도 많지요. 하지만 숙종 시절에는 지나치게 자주, 그리고 과격하게 갈등이 벌어졌습니다. 숙종은 선왕이 갑자기 돌아가시는 바람에 열세 살 어린 나이에 임금이 되었습니다. 어린 그가 즉위하던 때에 왕의 힘은 약했고 붕당의 권력은 강했습니다. 서인과 남인 붕당이 권력을 누가 잡을 것인지를 두고 서로 팽팽히 맞서고 있었죠.

처음 정권을 잡은 쪽은 남인이었습니다. 그러나 역모 사건이 일어나 남인들은 사약을 받거나 귀양을 가고 서인이 권력을 잡게 됩니다. 이 시절 숙종은 젊은 나이에 안타깝게 병으로 죽은 인경 왕후를 대신할 두 번째 왕비를 맞이하는데 그녀가 서인에 속했던 민유중의 딸, 인현 왕후입니다.

숙종은 서인들이 정치적으로 성장하는 게 부담스러웠습니다. 왕권을 위협할 정도로 성장하는 것을 경계한 것이죠. 숙종이 고민을 거듭하던 그때에 마침 남인과 친분이 두터운 장옥정이 궁에 들어왔습니다. 궁녀 시절 숙종의 사랑을 받았지만 행실이 방자하다고 대비에게 쫓겨났다가 대비가 죽고 난 뒤, 인현 왕후의 부름을 받고 다시 궁에 들어왔지요. 장옥정은 숙종의 사랑을 받았고 아들을 낳았습니다. 숙종은 서둘러 아들을 원자로 삼고, 장옥정을 희빈에 책봉했습니다.

여기서 놓치지 말아야 할 것은 장 희빈이 서인이 아니라 남인에 속한 사람이라는 사실입니다. 그러다 보니 서인들은 왕의 결정을 정면으로 반대합니다. 왕과 왕후가 아직 젊으니 언제든 왕자를 낳을 수 있다는 이유를 들었지요. 숙종은 자신의 결정에 맞서는 서인들에게 사약을 내리고 귀양을 보냈습니다. 서인에 속한 인현 왕후도 투기를 했다는 이유로 폐비가 되고 맙니다. 왕은 서인들을 내쫓은 자리에 남인들을 불러들였습니다.

남인은 다시 정권을 잡았지만 책임 있는 모습을 보여 주지는 못했습니다. 언제 다시 일어설지 모르는 서인들을 경계하며 왕의 눈치만 살필 뿐이었죠. 바로 그즈음이었습니다. 장 희빈의 오빠 장희재가 숙종의 총애를 받는 숙빈 최씨를 독살하려던 일이 벌어졌습니다. 이 사건으로 남인은 줄줄이 사약을 받거나 귀양에 처해졌고 인현 왕후가 다시 중전으로 복귀했습니다. 쫓겨났던 서인들도 관직에 다시 등용되었죠. 장 희빈은 후궁으로 강등되었다가 얼마 안 있어 인현 왕후를 저주했다는 죄명으로 끝내 죽음에 이릅니다.

어떤가요? 당시 정치적 사정을 살펴보면 숙종은 단순히 여자 문제로 변덕을 부린 것이 아니라 정치적인 힘의 균형과 견제를 염두에 두고 있었습니다. 만약 이런 방책을 쓰지 않았더라면 권력이 한쪽으로 쏠렸을지도 모르지요. 물론 붕당을 화해시키고 조화와 균형을 이루게 했더라면 더 좋았을 거라는 아쉬움도 있습니다. 두 정치 집단이 이견을 좁히고 타협의 묘미를 발휘했더라면 사약을 받거나 귀양 가는 일도 적었겠지요. 이런 점은 현재의 정치인들도 되새겨야 할 역사겠죠? ●

고 기자의 추천작

『창선감의록』 조선 후기 문인 조성기가 지은 작품. 이복형제 사이의 갈등을 비롯하여 가정 안에서 일어나는 갈등과 화해에 관한 내용이 주를 이루고 있다. 주제의 참신성은 떨어지지만 구성이 치밀하고 소설적 재미도 뛰어나다.

『장화홍련전』 조선 후기에 창작된 것으로 추정된다. 계모와 전처소생 사이의 갈등을 다루고 있는 작품으로, 계모의 악행과 억울하게 죽은 장화와 홍련의 이야기가 주를 이룬다. 유사한 소설로 『콩쥐팥쥐전』, 『정을선전』 등이 있다.

6

선비한테
더러운 냄새가 나는구나

「호질」

박 지 원
1737~1805

조선 후기의 실학자이자 작가로 호는 연암이다. 북학파에 속한 인물로 이용
후생을 강조했다. 청나라를 다녀와서 『열하일기』를 저술하였으며 청나라 문
물을 적극적으로 받아들일 것을 주장했다. 「양반전」, 「허생전」 등을 통해서
양반의 허위의식을 비판하는 동시에 「예덕선생전」, 「광문자전」 등을 통해서
성실하고 주체적이며 실생활에 힘쓰는 근대적 인간상을 제시했다.

풍속을
해치는 글? ─

조선 후기에는 사회적으로 많은 변화가 있었습니다. 가장 먼저 신분제가 흔들렸습니다. 그 원인은 임진왜란 등의 전란이었습니다. 전쟁이 일어나자 국가에 자원이 모자라게 되었고, 정부는 부족한 재정을 충당하기 위해 백성에게 식량이나 재물을 받고 신분을 높여 주거나 벼슬을 내려 주기 시작했습니다. 전쟁이 끝난 후에도 이런 조치는 계속되어 신분제가 크게 흔들렸습니다.

경제적으로도 변화가 있었습니다. 농업 생산력이 좋아지고, 화폐가 등장했으며 상공업이 발달했습니다. 경제가 발전하면서 사람들 사이에는 명분보다 실리를 더 중요하게 여기는 분위기가 확산됐습니다.

학문의 경향도 달라졌습니다. 정신이나 마음을 탐구하는 학문에서 벗어나 실질적인 생활에 관심을 둔 실학이 발달했습니다. 글 쓰는 방식에도 변화가 생겨났습니다. 이른바 성현의 옛글을 흉내 내거나 비슷하게 쓰는 것에서 벗어나 실제 생활에서 쓰는 말을 글쓰기에 활용하기 시작한 것이죠. 이 시기 지어진 글 중에는 비속어처럼 점잖지 못한 말이 포함된 글도 꽤 있었고요, 심지어 양반 사회를 통렬하게 비판하는 글도 있었습니다.

　이러한 변화를 보여 주는 대표적인 작가로 연암 박지원을 들 수 있습니다. 당시 임금이었던 정조가 박지원이 청나라를 다녀와서 쓴 『열하일기』를 보고는 박지원에게 반성문을 지어 올리라고 명할 정도였습니다. 대체 어떤 글이었길래 이렇게 말썽이 생겼던 것일까요?

　『열하일기』에 실려 있는 「호질」을 함께 읽어 보시죠. 제목이 호랑이가 꾸짖는다는 뜻인데, 박지원이 호랑이를 통해서 꾸짖으려고 했던 이들은 과연 누구였을까요? ●

「호질」

이야기 속으로

「호질」

옛날부터 호랑이는 슬기롭고 성스러우며 지혜로운 동물이었다. 또한 용맹스럽고 씩씩하며 싸움을 잘해서 천하에 호랑이를 대적할 짐승이 없었다. 물론 비위, 죽우, 오색사자, 황요, 용과 같은 짐승이 호랑이를 잡아먹기도 하지만 그것들은 전설상에나 존재할 뿐 실제로 사람들은 오로지 호랑이만을 두려워하니 호랑이의 위엄은 참으로 대단하다. 호랑이는 개를 먹으면 술에 취한 것같이 흐느적대지만 사람을 먹으면 정신이 생겨난 듯 조화를 부린다. 호랑이에게 잡아먹힌 사람들의 영혼을 창귀라고 하는데 이들은 호랑이의 겨드랑이 밑에 붙어산다.

어느 날 호랑이가 창귀들을 불러 말했다.

"오늘도 벌써 해가 저무니, 어디서 먹을 것을 얻을 수 있겠느냐?"

창귀들은 저마다 의견을 내놓았는데 그중 한 창귀가 이렇게 말했다.

"숲속에 어떤 고기가 있는데 인자한 염통과 의로운 쓸개를 지녔습니다. 충성스러운 마음과 순결한 지조를 품고 있으며 평소에는 음악을 익히고 예의를 잘 알지요. 입으로는 제자백가*의 말을 외우고 마음은 만물의 이치를 통달하고 있습지요. 그뿐만 아니라 음양**이 서로 통했으니 먹기에 이보다 더 좋은 것은 없습니다."

"아니다. 본래 하나였던 음양을 둘로 나누었으니 그 고기가 잡되고 딱딱하겠지. 그런 고기를 잘못 먹었다가는 체할 것이 뻔하지 않겠느냐."

이때 정(鄭) 고을에 북곽 선생이 살고 있었다. 선생은 나이 마흔에 일만 오천 권의 책을 쓴 유학자로 선비들이 모두 그 이름을 사모했다. 그 고을 동쪽에는 동리자라는 청춘과부가 살았다. 동리자는 수절한 과부였지만 이상하게도 그의 다섯 아들은 모두 성씨가 달랐다.

어느 날 밤이었다. 동리자의 방 안에서 북곽 선생과 동리자가 서로 음탕한 시를 주고받는 소리가 들려왔다. 그 소리를 들은 동리자의 다섯 아들이 의논했다.

"옛 법에 과부가 있는 집에는 감히 들어가지 못하거늘 어진 북곽 선생이 방 안에 있을 리는 없을 거야. 저것은 필시 천년 묵은 여우가 사람의 탈을 쓴 것이겠지. 내가 어디선가 들었는데 여우를 죽이면 천금을 얻

• 제자백가 공자, 맹자, 노자, 장자 등 춘추 전국 시대의 여러 학파.
•• 음양 서로 반대되는 두 가지 기운. 성리학에서는 우주 만물이 음과 양으로 구분되며 그것이 조화를 이루어야 한다고 보았다.

는다더라. 우리 함께 여우를 죽여서 나누어 갖자."

다섯 아들이 주변을 포위하자 북곽 선생이 크게 놀라 달아나다가 들판의 똥구덩이에 그만 빠지고 말았다. 이때 호랑이가 북곽 선생 바로 앞에 다가와 얼굴을 찡그리고 구역질을 하며 말했다.

"에이, 선비한테 더러운 냄새가 나는구나."

북곽 선생이 머리를 조아리며 앞으로 기어 나와 벌벌 떨면서 세 번 절하고 꿇어앉았다.

"호랑이님의 덕은 참으로 지극하십니다. 저처럼 천한 신하는 감히 그아래 서옵니다."

"가까이 오지 마라. 유(儒: 선비 유)는 유(諛: 아첨할 유)라고 하던데, 과연그렇구나. 너희 유자들이 세상 나쁜 것들은 나한테만 뒤집어씌우더니,내 앞에서 죽게 되니까 낯간지럽게 아첨을 하는구나. 그 말을 누가 곧이듣겠느냐."

호랑이는 떨고 있는 북곽 선생을 계속 꾸짖었다.

"너희 유학자가 비록 예의를 잘 지키고 평소에 의로움과 자비, 우애와 공경, 효를 강조한다지만 서울에는 이를 어기는 죄인이 많으니 대체어찌된 일이냐? 아무리 강조해 봐야 인간들은 스스로 자신의 나쁜 점을고치지 못하더구나. 그런데 호랑이에게는 이런 일이 없으니, 호랑이가사람보다 더 어질지 않느냐?

호랑이는 나무와 풀을 씹지 않고, 벌레나 물고기를 먹지 않으며, 술처럼 좋지 않은 것도 즐기지 않는다. 산에서는 노루와 사슴을 사냥하고 들

판에서는 말이나 소를 사냥하되 음식을 가지고 서로 다투는 법이 없다.

그런데 너희 인간들은 참으로 이중적이다. 너희들은 우리가 노루와 사슴을 먹을 때는 가만히 있다가 말이나 소를 먹으면 원수처럼 원망하더구나. 아마 노루와 사슴은 사람에게 쓸모없지만, 말이나 소는 사람에게 꼭 필요하기 때문일 테지. 그런데 말이야, 너희들은 말이나 소가 너희들을 위해 죽도록 일해 주는 것은 깡그리 잊어버리고 날마다 푸줏간이 미어지도록 이들을 죽이더구나. 심지어는 그 뿔과 갈기까지 하나도 남

「호질」

기지 않고 모두 써먹다니. 게다가 너희의 탐욕은 끝이 없어 우리의 먹이인 노루와 사슴까지 도적질하는 바람에 호랑이들은 산에도, 들에도 먹을 것이 없어 끼니를 굶게 됐다. 그러니 하늘이 공평하게 일을 처리한다면, 내가 너를 먹어야 하겠느냐 아니면 놓아주어야 하겠느냐?

자기 것이 아닌 것을 취하는 것을 도(盜)라 하고 남을 못살게 굴다가 목숨을 빼앗는 자를 적(賊)이라고 한다. 너희들은 밤낮 쏘다니며 남의 것을 착취하고도 부끄러운 줄을 모르더구나.

메뚜기에게서 그 밥을 빼앗고, 누에한테서 그 옷을 빼앗으며, 벌의 꿀을 긁어 먹고, 심할 때는 개미의 알로 젓갈을 담가서 조상께 제사 지낸다고 하니 너희보다 더 잔인한 자가 어디 있겠느냐? 하늘과 땅이 온갖 만물을 낳아 길렀다고 보면, 호랑이나 메뚜기, 누에, 벌, 개미와 사람은 모두 같은 핏줄을 나눈 형제로 본래 적대시할 수 없는 법이다. 그런데도 뻔뻔스럽게 벌과 개미의 집을 노략질하고 메뚜기와 누에의 살림을 빼앗는 놈이 어찌 도둑이 아니겠느냐.

호랑이가 표범을 잡아먹지 않는 것은 차마 제 동포를 해칠 수 없기 때문이다. 또한 호랑이가 사람을 잡아먹는 것을 헤아려 봐도 저희끼리 잡아먹는 것만큼 많지는 않을 것이다. 춘추 시대에 너희들은 서로를 얼마나 많이 잡아먹었느냐? 그 시대에 얼마나 많은 전쟁이 있었느냐? 사람의 피가 천 리에 흘렀고, 시체가 백만이나 되었다.

우리는 하루에 한 번 사냥하면 까마귀, 솔개, 말개미 들과 그 먹이를 함께 나누어 먹으니, 사람보다 호랑이가 훨씬 어질다. 우리는 고자질한

자는 먹지 않으며, 병들어 못 쓰게 된 자도 먹지 않고, 상복 입은 자도 먹지 않으니 의로움이 끝이 없다.

진실로 너희들 인간이 하는 짓이야말로 인자하지가 않구나. 함정을 파고, 큰 그물, 작은 그물, 큰 바늘, 도끼, 작은 칼, 긴 창까지. 이 모든 게 탐욕을 채우기 위해 인간들이 만든 게 아닌가. 그러고도 아직 못된 꾀를 다 부리지 못했는지 정말 묘한 것도 만들었더구나.

보드라운 털을 빨아 아교풀을 붙여 끝이 대추씨처럼 뾰족하고 길이는 한 치도 안 되는 칼날을 만들어서 오징어 거품에 담갔다가 꺼내어 종횡 무진 멋대로 치고 찌르지 않는가.* 마치 세모창처럼 굽고, 작은 칼처럼 날카로우며, 긴 칼처럼 예리하고 화살처럼 곧고 활처럼 팽팽해서, 이 무기가 한번 번뜩이면 모든 귀신이 밤중에 곡을 할 지경이다. 그러니 너희보다 가혹한 자가 있느냐?"

북곽 선생이 자리에서 물러나 한참 엎드려 있다가 엉거주춤하더니 두 번 절하고 머리를 조아리며 말했다.

"『시전』에 이르기를, 아무리 악한 사람일지라도 목욕재계를 한다면 하느님을 섬길 수 있다고 했습니다. 부디 다시 한번 잘 살 수 있는 기회를 주시옵소서. 천하디천한 신하가 감히 호랑이님께 청합니다."

북곽 선생은 잔뜩 긴장한 채 숨을 죽이고 호랑이의 말만 기다렸다. 오래도록 아무런 분부가 없어 선생은 두려움에 벌벌 떨었다. 마침내 양손

• 여기서 칼날은 붓을, 오징어 거품은 먹물을 의미하며, '치고 찌른다'는 말은 글을 쓴다는 표현이다. 사대부들이 서로 공격하던 당시 분위기를 표현한 것이다.

「호질」

을 맞잡고 머리를 조아려 쳐다보니, 동쪽 하늘이 밝았는데 호랑이는 벌써 어디론지 가 버렸다. 마침 아침에 밭 갈러 나온 농부가 물었다.

"선생님, 무슨 일로 아침 일찍 벌판에서 절을 하십니까?"

이에 북곽 선생이 답했다.

"내 예전에 들으니, '하늘이 비록 높다 하되 어찌 머리를 굽히지 않겠는가' 하더군." ●

조선의 중흥을 꿈꾼 실학자, 박지원

명분과 의리냐, 아니면 실리냐

고 기자 ● 오늘은 「호질」의 작가이자 조선 후기 실학의 대가인 연암 박
지원 선생님을 모시고 인터뷰를 진행합니다. 몸집이 아주 크고 당당
한 모습이십니다. 제가 주눅이 들 정도인데요. 선생님! 이렇게 인터뷰
에 응해 주셔서 감사합니다.

박지원 ● 그런데 제가 좀 바쁘니 서둘렀으면 좋겠네요. 농사철이라서 정
신이 하나도 없거든요.

고 기자 ● 아니, 선생님께서 손수 농사를 지으시나요? 조선 시대 양반들
은 책 읽고 글만 쓰는 거 아니었나요? 농사 같은 육체노동은 신분이
낮은 이들이 하는 것인 줄 알았어요. 양반은 지배층이니까 일하지 않
는 특권을 누렸을 것 같은데요.

박지원 ● 하긴 그렇죠. 양반이면 못 할 일이 전혀 없지요. 이웃에 있는
소를 함부로 가져다가 밭을 갈아도 되고, 마을 사람들을 불러다 김을
맨다고 해도 누가 감히 대들겠어요? 본래 하늘이 백성을 만들 때, 사

「호질」

농공상 이렇게 넷을 만들었는데 그중 으뜸은 사(士), 바로 선비라고 하잖아요. 일하지 않아도 온갖 물건을 얻을 수 있으니 돈 자루를 쥐고 태어나는 것이나 마찬가지 아닙니까?[*] 하지만 전 그런 양반은 싫습니다. 도둑하고 다를 바가 뭐가 있겠어요?

고 기자 ● 아이쿠 이런, 선생님의 명성은 익히 알고 있었지만 정말 첫 말씀부터 비판과 풍자가 넘치는군요. 사람들은 선생님을 북학파라고 부르던데 북학파란 정확히 무엇인가요?

박지원 ● 쉽게 말해서 조선의 북쪽, 곧 청나라의 학문이나 기술을 적극적으로 받아들여서 조선의 경제를 풍요롭게 하자고 주장하는 사람들을 말합니다.

고 기자 ● 청나라의 학문이요? 청나라는 병자호란 때 우리 조선을 침략해서 막대한 피해를 주었는데 사대부들이 반발하지 않을까요? 병자호란 때 당했던 수모를 복수해야 한다며 들끓는 선비들도 있던데요.

박지원 ● 답답한 사람들 같으니. 그들은 세상이 어떻게 돌아가는지 통 모르는 사람들입니다. 청나라에 다녀와 보니 알겠더군요. 조선이 얼마나 발전이 안 된 나라인지. 청나라는 길이 잘 포장되어 있어서 수레가 다니기 쉽고, 수레가 다니기 쉬우니 장사하는 이들에게 좋더군요. 또 각종 농기구가 발달하여 농사짓기도 훨씬 편하더이다. 물론 병자호란 때 당했던 치욕을 복수하겠다는 명분도 좋지요. 하지만 정치를

● 박지원이 지은 또 다른 소설 「양반전」에서 가져온 구절이다.

하는 사람이 가장 우선시해야 할 것은 백성의 삶이에요. 백성의 삶을 윤택하게 하려면 아무리 적국이라고 해도 좋은 점은 받아들여야 마땅하질 않소?

고기자● 그래도 선비들은 사람에게는 의리와 명분이 있어야 한다고 하던데요.

박지원● 어허, 참, 답답한 주자학*에 빠진 사람들 같으니라고. 의리와 명분도 모두 실생활이 잘 이루어져야 지킬 수 있는 것 아닙니까? 이용후생**이 중요한 걸 왜 모르는지. 이로운 것으로 백성의 삶을 풍족하게 하면 이보다 더 좋은 정치가 어디 있소? 대제국이 된 청나라를 무시하고, 스스로 작은 중국이라고 오만하게 굴면서 변화를 멀리하다가는 앞으로 조선은 망하고 말 것이오. 청나라는 과거의 하찮은 오랑캐가 아니란 말입니다!

고기자● 진정하세요, 선생님. 북학파가 백성의 삶을 위해 실용적인 학문을 한다는 것을 잘 알겠습니다.

박지원● 내가 너무 흥분했나요? 겉 다르고 속 다른 양반들의 위선을 보면서 성격이 괴팍해져서 그러니 널리 이해해 주세요. 혹시 북학파에 대해서 더 공부를 하고 싶으시다면, 제가 청나라를 다녀와서 쓴 『열하

---

* 주자학 중국 송나라 때 주희가 정립한 새로운 유학으로 유교의 예(禮)를 근본 법칙으로 삼은 학문.
** 이용후생 풍요로운 경제와 행복한 의식주 생활을 뜻하는 용어로 18세기 후반에 홍대용, 박지원, 박제가 등 북학파 실학자들이 주장한 개념.

일기』나 박제가 선생의 『북학의』*를 참고하면 좋을 것입니다.

똥통에 빠진 예학

고 기자● 이제 본격적으로 「호질」 이야기를 할까 합니다. 이 소설은 좀 전에 말씀하신 『열하일기』에 실려 있던데요. 내용이 아주 풍자적입니다. 한마디로 유학자를 똥구덩이에 빠뜨려 버린 건데요. 선생님께서도 유학을 배우셨을 텐데 어째서 이렇게 유학자들을 싫어하시나요?

박지원● 제가 알기로 유학의 근본은 공자와 맹자의 가르침입니다. 이 두 분이 가장 중요하게 여긴 것은 인** 그리고 측은지심***입니다. 백성에게 어진 정치를 펼칠 것을 강조한 것이죠. 그런데 조선의 유학자들은 백성을 사랑으로 다스리기는커녕 예학에만 빠져서 허우적거리고 있어요.

고 기자● 예학이 뭐죠?

박지원● 예학은 예의에 관한 학문입니다. 가정이나 사회에서 지켜야 할 예의범절을 공부하는 것인데, 중국 송나라 때 주희가 지은 『주자가례』****라는 책을 근본으로 삼고 있지요. 유학 중에서도 예학을 강조

• 『북학의』 실학자 박제가가 청나라의 풍속과 제도를 시찰하고 돌아와서 보고 들은 내용을 쓴 책.
•• 인(仁) 남을 사랑하고 어질게 행동하는 일.
••• 측은지심(惻隱之心) 남을 불쌍하게 여기는 타고난 착한 마음.
•••• 『주자가례』 가정에서 지켜야 할 예의범절 및 관혼상제에 관하여 수록한 책으로, 궁궐에서부터 일반 서민에 이르기까지 지켜야 할 덕목을 잘 정리해 놓았다.

하는 학문을 따로 주자학이라고 부르기도 합니다. 우리나라는 임진왜란, 병자호란을 겪고 난 후, 가정과 사회 질서가 무너졌다고 생각했는지 16세기부터 사대부들이 지나치게 예학을 숭상하는 경향이 나타났습니다.

고 기자● 가정과 사회의 윤리를 바로 세우는 게 나쁜 일은 아닌 거 같은데요?

박지원● 정도가 지나치지 않으면 괜찮지요. 하지만 과하면 문제가 됩니다. 예를 들어 볼까요? 선생님이 수업 내용보다 학생의 머리 길이, 손톱 길이, 교복 착용, 인사 잘하기, 시간 지키기 등 예절에만 신경을 쓴다고 생각해 보세요. 학생들이 얼마나 힘들겠어요. 마찬가지입니다. 예학을 너무 강조하다 보면 실질적인 일에는 소홀해지기가 쉽지요.

고 기자● 그렇죠. 예절만 강요하면 학생들이 자유롭게 성장하는 것을 방해하기 쉽죠.

박지원● 16세기에 있었던 유명한 예송 논쟁을 보세요. 효종이 죽자 왕의 계모인 조 대비가 상복을 몇 년 동안 입을지를 두고 남인과 서인이 대립한 사건이지요. 임금이 돌아가셨으면 진정으로 슬퍼하면 될 일을, 상복을 얼마나 입을지를 가지고 다투다니 얼마나 한심합니까? 물론 밑바탕에는 정치적인 의도가 있었겠지만 어찌 되었든, 그 당시 정치가들은 백성들의 삶은 돌보지 않고, 오로지 예의와 명분에만 집착했어요.

고 기자● 아, 예학이 어진 정치를 내쫓아 버렸군요. 그래도 작품 속에서

「호질」

북곽 선생이 책은 많이 쓰지 않았나요? 학식이 높았던 것 같은데.

박지원 ● 책만 많이 쓰면 뭐합니까? 실질은 하나도 없는걸. 겉으로는 예를 내세우면서 실제로는 하는 일도 없이 누릴 것은 다 누리는 게 양반 사대부 아닙니까? 겉과 속이 다르면서 남을 핍박하는 인간들, 그게 바로 양반 사대부인 거죠. 북곽 선생이 바로 그런 인간이기 때문에 제가 소설 속에서 똥통에 빠뜨린 거예요.

고기자 ● 열녀로 등장하는 동리자도 설명을 좀 해 주시죠.

박지원 ● 열녀요? 세상에 열녀라, 얼마나 불쌍합니까? 가문의 명예를 지킨다고 과부의 재혼을 금지하는 것은 정말 비인간적이지 않나요? 당사자는 얼마나 고통스럽겠어요. 제가 소설 속에서 동리자의 다섯 아들이 모두 다른 성씨를 가지고 있다고 풍자한 것은 '열녀란 애초에 있을 수 없다.'라는 말을 하기 위해서였지, 동리자의 부도덕함을 이야기하려던 것은 아닙니다. 개인의 도덕성이 문제가 아니라 열녀라는 허위의식을 부추기는 것이 문제입니다. 남편을 잃은 여인들이 평생을 외롭게 살거나 아니면 스스로 목숨을 끊게 만들었던 양반 사대부들이 정말로 잘못된 것이죠. 젊어서 과부가 됐는데 또다시 사랑할 기회가 찾아온다면 재혼을 하는 것이 마땅한 거 아닙니까? ●

실학, 예에서 벗어나 실질에 힘쓰다

임진왜란과 병자호란을 겪고 난 뒤, 사대부들은 사회 질서가 무너졌다고 생각했습니다. 그도 그럴 것이 지배 계층에 대한 백성들의 신뢰가 깨졌으니까요.

조선 후기에는 사회 질서를 유지하던 신분제가 동요했고, 도덕과 윤리도 흔들렸습니다. 위기의식을 느낀 사대부들은 '예'에 더욱 집착하기 시작했습니다. 기존 질서와 윤리를 회복하고 사회적 기강을 바로잡는 데 '예'만큼 효과적인 게 없었으니까요. 백성은 새로운 세계를 원했지만 사대부는 과거에 집착한 채 더욱 보수화되었죠.

정치적으로는 대의명분에 집착한 현실성 없는 주장이 들끓었습니다. 북벌론이 대표적입니다. 북벌론은 청나라를 정벌해 명나라의 원수를 갚고, 병자호란 때 조선이 당한 치욕을 갚자는 주장으로, 효종 때 일어났습니다. 하지만 당시 조선의 국력을 고려했을 때 이는 승산이 없는 계획이었습니다. 사회적으로는 각종 의례가 까다로워지고, 열녀와 효자를 기리는 문화가 확산되었습니다. 하지만 뭐니 뭐니 해도 예에 대한 집착을 가

「호질」

장 극명하게 보여 주는 것은 예송 논쟁입니다.

예송 논쟁은 크게 1차와 2차로 나뉩니다. 1차 논쟁은 효종이 죽은 후 효종의 계모 조 대비가 상복을 얼마나 입어야 할지를 두고 서인과 남인이 대립하며 논쟁을 벌인 사건입니다. 2차 논쟁은 효종의 비가 죽고, 다시 조 대비가 상복을 얼마나 입어야 할지를 두고 다툰 사건이죠.

1차 논쟁에서는 일 년을 입어야 한다고 주장한 서인이 승리합니다. 왕이라고 해도 장남이 아니라 차남이기 때문에 사대부의 법도를 따라야 한다는 주장이 승리한 것이죠. 하지만 2차 때에는 아무리 둘째라도 왕이기 때문에 사대부와는 달라야 한다며 삼 년을 입어야 한다는 남인의 주장이 승리합니다. 왕권 강화를 주장하는 남인과 신하들의 권리를 우선시하는 서인이 예의를 가지고 대립한 것이지요. 백성의 삶이 아니라 예의 문제로 정치가 좌우되던 시절이었습니다.

그런데 18세기 무렵, 예에 집착하는 조정의 관료들과는 전혀 다른 무리가 등장합니다. 관념에서 벗어나 현실에 관심을 갖고, 예에서 벗어나 실질에 중심을 두는 학문인 실학을 공부하는 이들이 생겨난 것입니다. 유형원, 이익, 정약용 등은 토지 개혁을 통한 농민 생활의 안정을 주장했으며, 박지원, 박제가 등은 기술을 혁신해 부국강병을 이루자는 주장을 했습니다. 전자를 농사를 중시했다고 하여 중농학파라고 했으며, 후자를 상업을 중시했다고 하여 중상학파, 곧 북학파라고 불렀습니다.

실학은 조선 후기의 사회 문제들을 해결하려는 근대 지향적인 사상이었습니다. 명분에서 벗어나 현실을 탐구하고 그 안에서 개혁 방안을 제시하려고 노력하였죠. 중국을 통해 들어온 서양 과학 기술에도 많은 관심을 기울였습니다.

그러나 실학은 권력을 잡지 못한 지식인들의 개혁론이라는 점에서 한계를 지니고 있었습니다. 국가 정책에는 반영될 수 없는 논의였으니까요. 또한 실학에서 내세운 실사구시는 '실질적인 일에 나아가 옳음을 구한다.'라는 의미로 학문을 하는 태도에 관한 논의였으며 이용후생은 백성들의 생활 수준을 높이자는 주장에 그쳤다는 점에서 기존의 유교적 통치 질서를 비판하는 데에도 한계가 있었습니다. 같은 시대 서양에서 일어난 계몽사상처럼 근대적인 세계를 향한 새로운 정치 이념을 제시하지는 못했던 것이죠. 그럼에도 불구하고 실학의 등장은 그 자체만으로 의미가 있습니다. 예학에 치우친 분위기에서 벗어나 백성에게 이로운 세계를 꿈꾸기 시작한 것이니까요. ●

고 기자의 추천작

「예덕선생전」 연암 박지원의 소설이다. '예덕(穢德)'은 더럽다는 뜻의 '예'와 어질다는 뜻의 '덕'이 합해진 말로, 평소에는 똥을 치우는 일을 하지만 성실하고 자기 분수에 만족하며 그 속에서 즐거움을 찾는 엄 행수를 가리키는 말이다. 작가는 예덕 선생을 통해서 양반의 허위의식과 위선을 비판하고 청렴하며 성실한 존재를 이상적인 인간형으로 제시하고 있다.

7
소광통교에서
시작된 첫사랑

「심생전」

이 옥
1760~1815

조선 후기 정조 때의 문신으로 호는 문무자이다. 일찍부터 과거 공부에 매진
했으나 매번 탈락하다가 1790년, 서른이 넘은 나이에 생원시에 합격했다. 이
후 성균관에 들어가 대과 공부를 시작했으나 정조의 문체 반정으로 인해 타
락한 문체를 쓰는 인물로 낙인 찍혀 반성문을 하루에 50수씩 짓는 벌을 받았
다. 그래도 문체가 고쳐지지 않는다고 하여 과거에 응시할 수 없는 벌을 받았
다. 이후 과거를 포기하고 낙향했다.

솔직한 욕망과
감정 —

조선은 유학의 나라였습니다. 어질고 의로운 정치를 이상으로 삼았고 힘에 의한 정치가 아니라 덕에 의한 정치를 지향했습니다. 군사력이나 경찰력 같은 강압적인 수단을 동원하거나 엄격한 법에 따라 통치하기보다는 백성들에게 예의를 가르쳐 사회를 유지해 가고자 했지요. 그러나 임진왜란과 병자호란을 겪으며 지배층은 의로운 정치를 펼치지 못했고 백성들은 기존의 질서와 규칙, 예의 등에서 벗어나기 시작했습니다. 전란으로 무너진 예의를 다시 세우기 위해 사대부들은 예전보다 훨씬 더 강력하게 예를 강조했습니다.

예절을 지나치게 강조하다 보니 백성들은 자연스러운 욕망과 감정을 숨기며 살 수밖에 없었습니다. 하지만 이러한 흐름은 오래가지 못했습니다. 억압하면 할수록 감정을 표출하려는 욕망은 더 커지기 마련이니까요. 과부가 재혼하기를 바라는 노래가 지어졌고, 남녀의 애정을 그린 신윤복의 그림과 서민의 다채로운 생활상을 표현한 김홍도의 풍속화가 나타났습니다. 남녀의 애정을 다룬 한글 소설도 인기를 끌었고, 탈춤과 판소리 같은 서민

문화도 유행하기 시작했지요.

조선 후기에 등장한 문화 '콘텐츠'들은 예의보다는 인간의 자유로운 본성을 옹호하는 내용이 주를 이루었습니다. 정조 시절의 작가 이옥도 인간의 본성을 옹호한 대표적인 인물입니다. 그가 남긴 「심생전」을 감상하면서 예에서 벗어나 자유로운 감정을 추구하던 조선 후기 백성들의 삶을 엿보겠습니다. ●

「심생전」

심생은 서울에 사는 선비로 잘생긴 얼굴의 스무 살 청년이다. 어느 날 심생은 운종가에서 임금의 행차를 구경하고 돌아오던 길에 흥미로운 모습을 목격했다. 어떤 건장한 계집종이 자줏빛 명주 보자기로 한 여인을 덮어 씌워서 업고 가고 그 뒤를 또 다른 계집종이 비단 꽃신을 들고 따라가고 있었다. 심생은 호기심이 들어서 일행의 뒤를 바짝 쫓았다.

소광통교에 이르렀을 때였다. 갑자기 회오리바람이 일어나 자줏빛 보자기가 반쯤 걷혔다. 그러자 복사꽃 같은 고운 뺨에 버들잎 같은 눈썹을 지닌 소녀의 얼굴이 살포시 보였다. 초록 저고리에 붉은 치마를 입고 연지와 분으로 곱게 화장을 한 미인이었다. 그런데 보자기 안에 숨어 있던 처녀도 자신을 쫓아오는 심생을 눈여겨보기는 마찬가지였다. 쪽빛 옷에 초립을 쓴 미소년에 눈길을 빼앗겼던 것이다.

보자기가 걷히는 순간 두 사람의 눈빛이 서로 부딪쳤다. 놀랍고 부끄러웠다. 소녀는 곧바로 보자기를 다시 쓰고는 가 버렸다. 심생이 뒤를 쫓았지만 소녀는 소공동에 다다르자 어느 집 문 안으로 들어가 버렸다. 심생은 멍하니 한참을 방황했다. 그러다 이웃 할멈을 붙들고 물어보니 그 집은 호조*에서 회계 일을 맡아보다 은퇴한 어느 중인의 집으로, 시집가지 않은 딸이 하나 있다고 했다.

"저기 조그만 사거리를 돌아서면 회칠한 담장이 나오고 담장 안의 골방에 그 소녀가 지내고 있답니다."

심생은 이 말을 듣고는 도저히 소녀를 잊을 수 없었다. 사대부의 자식으로서 예의를 갖추어 정식으로 찾아가야 했지만 그럴 수가 없었다. 소녀가 중인에 속한 사람이어서 애초에 인연을 맺기가 어렵다는 것을 알았기 때문이다. 하지만 소녀에 대한 심생의 마음은 걷잡을 수가 없었다.

결국 심생은 가족들에게 친구랑 함께 밤을 보내기로 했다는 거짓말을 꾸며 대고 소녀가 거처하는 집으로 향했다. 대담하게도 그 집 담을 넘고는 처마 밑 바깥벽에 가만히 기대 앉아 숨을 죽인 채 있었다. 소녀는 꾀꼬리 새끼 울음처럼 낭랑한 목청으로 소설을 읽다가 한참 뒤 잠이 들었다. 그런데 잠을 제대로 이루지 못하는지 자주 뒤척이는 듯했다. 심생도 잠이 올 리가 없었다. 심생은 새벽종이 울릴 때까지 처마 밑에 숨어 있다가 담을 넘어서 나왔다.

• 호조 조선 시대에 육조 가운데 하나로 인구, 주택, 논밭, 화폐 등에 관한 일을 맡아보던 관아.

이때부터 심생은 날이 저물면 소녀의 집에 갔다가 새벽녘에야 집으로 돌아오는 일을 되풀이했다. 그렇게라도 하지 않으면 미칠 것만 같았기 때문이었다. 소녀는 소설을 읽거나 바느질을 하다가 잠자리에 들었는데 무슨 고민이라도 있는지 쉽게 잠을 이루지 못하는 눈치였다. 심생이 밤마다 소녀의 집을 찾은 지 일주일쯤 지난 어느 날, 소녀는 손으로 벽을 치며 짧은 한숨을 내쉬었다. 그 소리가 창밖까지 들려왔다.

스무날째 되던 밤이었다. 소녀가 갑자기 대청마루로 나오더니 심생에게 다가왔다. 심생은 벌떡 일어서서 자신도 모르게 소녀를 꽉 잡았다. 그러나 소녀는 전혀 놀라지 않은 채로 말했다.

"낭군은 소광통교에서 만났던 그분이시지요? 벌써 스무날째군요. 저는 이미 다 알고 있어요. 저를 붙잡지 마세요. 제가 소릴 지르면 여기서 빠져나가실 수 없을 겁니다. 절 놓아주시면 뒷문을 열어 조용히 방으로 모실게요."

심생은 물러섰다. 그런데 소녀는 심생에게 했던 말과는 달리 열어 두겠다던 뒷문을 큰 자물쇠로 잠가 버렸다. 그것도 일부러 소리를 내면서까지. 그러고는 등불을 끄고 기척도 내지 않고 깊이 잠든 체했다. 물론 소녀도 잠을 이룬 것은 아니었다. 실은 소녀도 심생을 사모하는 마음이 깊었다. 하지만 신분의 차이 또한 마음에 두고 있었던 것이다.

심생은 소녀에게 속아서 분한 마음도 들었지만 그나마 소녀를 직접 만나 본 것만도 행운이라 여기고 다음 날에도 그다음 날에도 소녀의 집으로 갔다. 비가 와서 옷이 젖어도 개의치 않고 소녀의 집 처마 밑에서 밤을 새웠다. 그렇게 다시 열흘이 지났다. 마침내 소녀가 뒷문을 활짝 열고 심생을 불렀다.

"도련님, 들어오세요. 잠깐 여기 계세요."

잠시 후, 소녀는 깜짝 놀랄 만한 사람들을 방 안으로 데려왔다. 바로 소녀의 부모였다. 소녀의 부모와 심생은 셋 다 어리둥절했다. 소녀가 말을 꺼냈다.

"놀라지 마세요. 제 나이 열일곱. 바깥출입을 삼가다가 얼마 전 우연히 임금님 행차를 구경하고 돌아오던 길에 보자기가 바람에 걷혀서 초립을 쓴 도령과 눈길이 마주쳤죠. 그 순간 운명이라고 생각했습니다. 제 마음은 걷잡을 수 없이 그분께 쏠렸지요. 하지만 중인 집 딸이 사대부와 인연을 맺을 수는 없는 법이라 애써 그분을 향한 마음을 외면하려고 했답니다.

그런데 그날 밤부터 도련님은 바깥벽 밑에 숨어 저를 기다리셨습니다. 비가 와도, 날이 추워도, 문에 자물쇠를 걸어 채워도 역시 오셨어요. 벌써 삼십 일이 지났습니다. 저분은 청춘의 혈기가 넘쳐, 나비와 벌이 꽃을 탐내는 것처럼 바람과 이슬을 맞는 것을 돌보지 않으니 며칠 못 가 병이 나서 일어나지 못할 것입니다. 그렇게 되면 제가 죽이지 않았어도 제가 죽인 셈이죠.

또 저는 한낱 중인 집 딸에 불과합니다. 제가 꽃이 부러워할 만한 아름다움을 지닌 것도 아닌데, 도련님께서 이토록 정성을 다하시는데도 따르지 않는다면 하늘이 노여워할 것입니다. 저는 제 마음을 이미 정했습니다. 부모님께서는 근심하지 마세요."

소녀의 부모는 당황스러웠지만 할 말이 없었고, 심생도 아무 말도 하지 못했다. 마침내 간절한 바람은 이루어져 두 사람은 함께 지내게 되었다. 정식 혼례를 치르지는 못했지만 부부와 다름이 없었다. 심생은 그날 이후로 해가 저물면 소녀의 집으로 갔다가 새벽녘이 되어야 자기 집으로 돌아오곤 했다. 소녀의 집은 본래 부유하여 심생을 위해 화려한 옷을 마련해 주었지만 심생은 자기 집에서 이상하게 여길까 봐 그 옷을 입지 못했다.

심생은 가족들에게 이 일을 비밀로 했지만 가족들은 심생이 밤마다 밖으로 나가서 오랫동안 돌아오지 않는 것을 보고 의심하기 시작했다. 마침내 심생의 부모는 심생에게 산속에 있는 절에 가서 공부에 전념하라고 명했다. 심생은 소녀와 헤어질 수 없어서 불만을 내비쳤으나 집에서 다그치고 친구들까지 나서자 결국 북한산성의 암자로 올라갈 수밖에 없었다.

한 달 후, 어떤 이가 찾아와 소녀가 쓴 편지를 전해 주었다. 뜯어보니 놀랍게도 소녀의 유서였다. 소녀는 이미 세상을 떠났던 것이다. 편지의 내용은 다음과 같았다.

「심생전」

"봄추위가 매서운데 산에서 공부는 잘되시는지요? 저는 낭군을 잊은 날이 없답니다. 낭군이 떠난 뒤, 우연히 병을 얻었는데 약을 먹어도 소용이 없으니 이제 곧 죽을 것 같습니다. 하지만 세 가지 큰 한이 있어 죽어도 눈을 감지 못할 것 같네요.

저는 무남독녀라 부모님 사랑을 한껏 받으며 자랐지요. 부모님은 데릴사위*를 얻어 말년에 그에게 의지하며 살아가려고 했는데 미천한 제가 지체 높은 낭군과 만나게 되니, 같은 중인 신분의 사위를 얻어 오순도순 살려던 부모님의 꿈이 깨어졌습니다. 늙으신 부모님이 기댈 곳이 없으니 이게 첫째 한이옵니다.

여자가 시집을 가면 남편과 시부모가 계시는 게 당연하지요. 시부모를 알지 못하는 며느리는 이 세상천지에 그 누구도 없답니다. 그런데 저는 몇 달이 지나도록 낭군 댁의 늙은 종조차 본 적이 없습니다. 살아서는 부정한 존재였고, 죽어서는 돌아갈 곳 없는 혼백이니 이것이 둘째 한입니다.

아내가 남편을 섬기는 일은 음식을 잘해 드리고 옷을 지어 드리는 일일 것입니다. 낭군과 함께 보낸 시간이 짧지 않고, 제가 지어 드린 옷도 적지 않지만 제가 낭군 댁에서 낭군께 밥 한 그릇 대접하지도 못하고 옷 한 벌도 입혀 드리지 못했으니 이것이 셋째 한입니다.

인연을 맺은 지 얼마 안 되어 갑자기 이별하고 병들어 죽게 되었지만

• 데릴사위 처가에서 데리고 사는 사위.

낭군을 뵙고 작별 인사를 건네는 일마저 못하는군요. 애간장이 끊어지고 뼈가 녹는 것 같습니다. 연약한 풀은 바람 따라 흔들리고 꽃은 흙이 된다지만, 이 깊은 한은 어느 날에 사라질까요? 아아! 낭군께서는 미천한 저 때문에 마음 쓰지 마시고 부디 학업에 정진하시어 벼슬길에 오르시기를 바랍니다. 안녕히 계십시오."

심생은 편지를 읽고 터져 나오는 울음을 참을 수 없었다. 그 뒤 심생은 붓을 던지고 무과에 나아가 벼슬이 금오랑에 이르렀지만 그 역시 일찍 죽고 말았다. ●

「심생전」

멋스러운 조선의 문장가, 이옥

사람의 감정에 주목하다

고 기자● 선생님, 안녕하세요. 「심생전」 아주 잘 읽었습니다. 마치 『로미오와 줄리엣』을 읽는 기분이 들던데요. 서로 사랑하지만 집안의 문제 때문에 사랑을 이루지 못하니까요.

이옥● 제 소설을 셰익스피어의 명작에 비교해 주시니 고맙습니다. 하지만 제 소설은 좀 다르죠. 로미오와 줄리엣은 집안끼리 원수로 지내는 탓에 사랑을 이루지 못하지만 심생은 원수 집안의 여자를 사랑한 것은 아니니까요.

고 기자● 그러고 보니 「심생전」에는 딱히 집안에서 대놓고 반대하는 장면은 없는 것 같네요. 갑자기 소녀가 죽어서 슬픈 결말이 되었으니까요. 하지만 심생이 소녀를 떠나지 않았다면 소녀가 병에 걸릴 일도 없었을 것 같은데요.

이옥● 아마 그랬을 겁니다.

고 기자● 소녀가 남긴 유언을 보면, 소녀가 마음고생이 꽤나 심했던 것 같아요. 유언에 세 가지 한을 써 놓았잖아요. 자기 부모가 노년에 어려움을 겪을 것을 걱정하고, 자신이 심생의 가족들에게 인정받지 못한 것을 서러워하고, 사랑하는 사람에게 밥 한 끼 제대로 못해 주는 처지를 아쉬워했잖아요. 그런 깊은 한 때문에 마음에 병이 든 것 같아요. 어떻게 심생은 무책임하게 소녀를 버려두고 산으로 올라갈 수 있었을까요? 참으로 나쁜 사람 같아요.

이옥 ● 그런가요? 하지만 꼭 심생만 탓할 수는 없습니다. 심생도 소녀를 진심으로 사랑했지만 그 사랑을 인정받기는 어려웠으니까요. 우선 두 사람은 신분이 달랐습니다. 심생은 양반이고, 소녀는 중인에 속한 사람이었지요. 당시에는 사대부는 사대부끼리, 중인은 중인끼리 혼인하는 것이 일반적이었습니다. 그러니까 심생과 소녀는 신분을 뛰어넘는 사랑을 한 거죠.

고기자 ● 무슨 드라마 같은데요. 요즘에도 재벌가 사내와 가난한 집 여자가 서로 사랑하지만 집안의 반대로 어려움을 겪는 이야기가 많거든요. 심생과 소녀의 사랑도 이런 경우와 비슷해 보입니다. 물론 신분의 차이와 경제적 차이는 다르지만요.

이옥 ● 조선 사회에서는 인간의 감정보다 신분을 더 중요하게 여겼습니다. 제가 이 소설을 쓴 까닭은 두 사람의 비극적인 이야기를 통해 신분에 얽매여 살아가는 게 얼마나 자유를 억압하는지 사람들이 깨달을 거라고 믿었기 때문이에요. 소설에 등장하는 소녀의 삶은 답답한 면이 많지요. 특히나 유서에 남긴 내용을 보면 여전히 봉건적인 생각에서 벗어나지 못하고 있습니다. 사람들이 소녀의 유서를 읽고 우리 시대의 한계를 함께 느끼길 바랐습니다. 그리고 새로운 시대를 함께 꿈꾸기를 소망했지요.

고 기자 ● 그래도 선생님이 살았던 18세기는 그전과는 달리 인간의 자유로운 본성을 긍정하는 과감한 예술 작품도 많지 않았나요? 제가 좋아하는 신윤복의 그림 중에는 아름다운 여인이나 남녀 간의 사랑을 소재로 한 작품도 많던데요.

이옥 ● 맞습니다. 딱딱하고 정형화된 틀을 깬 작품이 많이 창작되었죠. 천지 만물 중 사람을 관찰하는 것보다 큰 것이 없고, 사람을 관찰하는 데 감정을 살피는 것보다 묘한 것이 없고, 감정을 관찰하는 데 남녀 감정을 살펴보는 것만큼 진실한 것이 없다고 생각합니다. 신윤복의 그림들은 그런 본성들을 훌륭하게 잡아낸 거죠.

고 기자 ● 그런데 한 가지 궁금한 것이 있습니다. 어째서 자유로운 본성을 옹호하는 작품들이 예전보다 훨씬 많아진 거죠?

이옥 ● 18세기에 들어서면서 사회 분위기가 많이 변했거든요. 상공업이 발달하고 경제적으로 넉넉해지자 예의를 지키는 것보다 실질적인 이익을 따지는 게 더 중요하다고 생각하는 사람이 늘어났습니다. 가난한 양반으로 사는 것보다 부유한 상인으로 사는 게 더 낫다는 생각도 퍼지고요. 사대부들은 여전히 유학에 빠져 '예'를 가지고 논쟁을 일삼았지만 민중들은 형식적인 예의를 지키기보다 자기감정을 솔직하게 표현하는 것에 익숙해져 갔습니다. 제가 「심생전」을 쓴 것도 이런 사회적 분위기를 반영한 결과랍니다.

보편 속에서 차이를 발견하다

고기자 ● 소설을 읽으면서 가장 놀랐던 장면은 소녀가 심생을 부모님께 소개하는 장면이었어요. 저 같으면 차라리 부모님 몰래 만났을 것 같은데 소녀는 어디서 그런 용기가 나왔을까요?

이옥 ● 자기감정에 솔직했던 거죠.

고기자 ● 선생님께서 쓰신 「이언」˚이라는 한시도 그런 분위기에서 창작된 건가요? 제가 몇 편 읽었는데 아주 흥미롭던데요. 신윤복의 그림을 글로 읽는 기분이랄까요? 신혼의 단꿈을 꾸는 새색시도 있고, 밤늦게 들어오는 남편을 닦달하는 아내도 나오고, 남자를 유혹하는 기생도 있고, 부부 싸움 때문에 지친 여자의 넋두리도 있던데요.

이옥 ● 그냥 재미 삼아 일상을 스케치한 것뿐입니다.

고기자 ● 제가 그 시 중에서 몇 편 읽어 볼게요. 수위를 고려해서 골랐는데요. 먼저 남편과 다투고 난 뒤, 하소연하는 여인의 심정이 나타난 작품입니다.

"국그릇 밥그릇 마구 집어 / 내 얼굴을 겨냥해서 던지네 / 낭군의 입맛이 변한 것이지 / 내 솜씨가 옛날하고 다를까요?"

한 편 더 읽어 볼게요.

• 「이언(俚諺)」 이언은 '사람들 사이에 퍼져 있는 속된 이야기'를 의미한다. 이옥의 「이언」은 총 66수의 연작시로, 다양한 도회지 여성들의 일상생활과 감정이 생생하게 묘사되어 있다.

「심생전」

"순라꾼*들은 지금쯤 흩어졌을까? / 서방님은 달이 져야 돌아오지 / 먼저 잠들면 분명 화를 낼 테고 / 자지 않고 있어도 의심할 테지."

남편을 기다리는 여인의 심정을 짧지만 아주 선명하게 그리셨는데요.

이옥● 제가 지은 시를 이렇게 읽어 주시다니 참으로 감사합니다. 절 기억하지 못하는 사람들도 많은데요.

고 기자● 이 정도쯤이야, 하하. 선생님 한시를 읽다 보면 사대부들의 한시와는 정말 다르더라고요. 사대부들의 한시에는 가난하지만 도를 즐긴다거나, 임금께 충성하고 부모님께 효도한다는 유교적인 내용이 많잖아요. 그런데 선생님의 시에는 이런 내용이 하나도 없습니다. 그 대신에 사람들의 일상적인 감정을 하나하나 그대로 살려서 써 놓으셨던데요.

이옥● 저는 성리학을 따르는 사대부들과 생각이 다릅니다. 성리학은 사람이나 사물이 지니고 있는 고유한 특성 하나하나를 보려고 하지 않지요. 그 대신 보편적인 법칙이나 이상이 사람이나 사물을 통해 나타나는 것이라고 보았어요.

고 기자● 애고, 어렵네요. 당시 성리학자들이 개개의 차이를 인정하지 않으려고 했다는 말씀이시죠? 개성이나 자유보다 예의를 더 중요하게 여긴 것도 그 생각 때문이겠죠? 차이는 보편성을 해치는 것이니 더 인정하기 싫을 테고요. 그래서 사대부들이 지은 작품들은 주제가

● 순라꾼 조선 시대에 도둑질이나 화재를 방지하기 위해 도성 안팎을 순찰하던 군인.

다 비슷비슷했던 거군요. 그림도 늘 사군자만 그리고요?

이옥● 그런 경향이 조금 있죠. 하지만 어떻게 세상 만물이 한 가지 법칙으로 설명될 수 있을까요? 저는 만물이란 만 가지 물건이니 만 가지 성격이 있다고 보았어요. 같은 하늘이라도 어제의 하늘과 오늘의 하늘이 다른 것처럼요. 그리고 작가는 그 차이들을 구체적으로 표현하는 사람이라고 생각했습니다.

고 기자● 그러니까 여인의 감정으로 말한다면, 같은 여인이라고 해도 남편과 싸울 때, 남편과 사랑할 때, 남편을 기다릴 때의 감정이 다 다르다는 말씀이신 거죠?

이옥● 그렇죠. 눈이 같으면 코가 다르고, 코가 같으면 입이 다르고, 입이 같으면 얼굴빛이 다르고, 그것들이 모두 같으면 키와 체구가 다르고, 키와 체구가 같으면 자세가 다르죠. 아무리 이것과 저것이 같다고 보려 해도 그 안에는 명백한 차이가 있는 법입니다. 그래서 저는 여인들의 모습 하나하나를 시에 담고 싶었어요. ●

「심생전」

문체 반정, 이옥은 반성문을 쓰시오!

조선 후기 개혁 군주 하면 어떤 임금이 떠오르나요? 왕립 학술 기관인 규장각을 세워 수많은 도서를 출판하고, 시전 상인들의 횡포를 막고 상업을 진흥하기 위해 금난전권˙을 폐지했으며, 과학 기술을 활용해 수원 화성을 건설한 임금이 있습니다. 바로 정조입니다. 특히 서얼이란 이유로 외면 받았던 이덕무, 박제가 등을 규장각 검서관에 임명하여 학문 진흥에 힘쓴 것은 정조의 진보적인 업적이라고 할 수 있습니다.

그런데 이처럼 개혁에 적극적이었던 정조가 한 일 중 미스터리한 것이 한 가지 있습니다. 바로 '문체 반정' 사건입니다. 문체 반정은 어지러워진 문체를 올바른 곳으로 돌린다는 의미입니다.

정조는 스스로 임금이자 스승이라고 자처할 만큼 지적으로 뛰어났습니다. 그런 까닭에 신하들이 쓴 글이나 과거 시험에 제출된 답안을 직접

• 금난전권　조선 후기에 육의전과 시전 상인들이 상권을 독점하기 위해 얻은, 난전을 금지할 수 있었던 권리. 여기서 난전은 상인으로 등록되지 않은 사람이 상품을 팔거나, 성안에서 판매를 허가하지 않은 상품을 판매하는 행위를 가리킨다. 금난전권의 실시는 상품 화폐 경제의 발전을 가로막고 특정 상인에게 독점적 지위를 부여하는 등 폐해가 컸다.

챙겨 읽는 등 글쓰기에 관심이 많았죠. 정조가 모범으로 삼은 글은 대개 전통적으로 품위와 격식을 갖춘 글이었습니다. 즉 예의를 갖춘 진지한 글들을 좋아한 것이지요. 정조는 성리학적인 글을 모범으로 삼았습니다. 그런데 18세기 이후 조선에는 품위와 격식을 벗어나 감각적이고 구체적이며 해학적인 글쓰기가 유행했습니다. 그 대표적인 작가가 바로 『열하일기』를 쓴 연암 박지원과 「심생전」의 작가 이옥입니다.

정조는 이 두 사람을 비롯하여 옛글을 따르지 않은 사람들에게 반성문을 쓰라는 벌을 내렸습니다. 이 사건이 바로 문체 반정입니다. 물론 반발도 만만치 않았습니다. 박제가는 반성문을 쓰라고 권유하는 이덕무에게 "학식이 높지 않은 것은 잘못이나 남과 다른 것은 제 잘못이 아닙니다. 소금과 매실에게 왜 너희는 좁쌀과 같지 않느냐고 책망하면, 천하의 맛있는 음식은 모두 사라질 것입니다."라며 불만을 드러냈다고 하지요. 또 연암 박지원은 반성문을 쓰면 벼슬을 내리는 것도 아깝지 않다며 임금이 회유했지만 이런저런 핑계를 대며 그 뜻을 제대로 따르지 않았다고 합니다.

문체 반정의 가장 큰 피해자는 이옥이었습니다. 이옥은 서른이 넘어 생원시에 합격하여 성균관에 들어가 공부를 시작했는데, 때마침 정조의 '검열'에 걸려 타락한 문체를 쓰는 요주의 인물로 지목받았지요. 정조는 이옥에게 매우 가혹한 벌을 내립니다. 하루에 50수씩 반성문을 쓰게 하고, 그래도 문체를 고치지 않자 과거에 응시할 수 없는 정거(停擧)의 벌을 내립니다. 그 후에도 이옥은 임금의 명을 따르지 않은 벌로 강제로 군대에 보내지는 충군(充軍)을 두 차례나 받았습니다.

어째서 이옥은 자신의 문제를 포기하지 않았을까요? 문체가 곧 그 사람이기 때문입니다. 이옥은 아무리 임금의 명이라고 해도 문체를 고치는 일은 자기를 버리는 일이라고 여긴 것입니다. 결국 이옥은 벼슬을 포기하고 고향으로 내려갑니다. 권력이 붓을 꺾지는 못했지요. ●

고 기자의 추천작

『숙영낭자전』 조선 후기에 널리 읽힌 애정 소설로 남자 주인공 선군은 과거에 급제하여 가문을 빛내야 한다는 생각보다 아내에 대한 사랑이 지극한 인물이다. 인간의 본능적인 욕구를 긍정하는 동시에 유교적인 가치관에서 차츰 벗어나는 조선 후기의 사회적 분위기를 잘 담아내고 있다.

『흥보전』
『심청전』
『토끼전』
『춘향전』

2부
주인공과 함께 읽는
우리 고전

1

돈으로 못 할게 뭐람

『흥보전』

작자 미상

돈이 권력이 되는
시대의 인물 ―

　　　　　　　조선은 왕조 국가였습니다. 태조 이성계부터 구한말 순종에 이르기까지 27명의 임금이 500여 년 동안 나라를 통치했지요. 조선의 최고 권력자는 당연히 임금이었습니다. 하지만 모든 임금이 권력을 완벽하게 장악한 것은 아니었습니다. 카리스마 넘치는 임금도 많았지만 신하들에게 끌려다니는 유약한 임금도 적지 않았죠.

　특히 18세기 후반에는 왕권이 약해지고 특정 가문이 임금의 권력을 압도하는 일까지 일어났습니다. 권세를 떨쳤던 이들 가문은 정식 관리 임용 제도인 과거 제도를 무시한 채 자신들의 입맛에 맞는 이들을 중앙과 지방의 요직에 앉혔고 정치를 좌우했습니다. 그들은 대체 어떻게 정치권력을 장악했을까요?

　여러 가지 방법이 있겠지만 중요한 수단 중 하나는 축적된 자본이었습니다. 조선 후기에는 이앙법이 널리 보급되어 쌀 생산량이 증가했고, 시장 거래가 활발해졌으며, 교역이 늘어나 화폐까지 사용되었습니다. 그러다 보니 자연스럽게 부자가 생겨났습니다. 신흥 부자들은 권세를 쥔 관리에게 재물을 주고 신분과 관직을 사게 되었지요. 결국 권세를 쥔 가문은 자본을 축적하여 더 큰 사회적, 경제적 영향력을 행사하며 임금마저도 눈치를 봐야 하는 권력 집단으로 성장했습니다. 정치권력과 자본이 결탁한 조선판 정경유착이 일어난 셈이지요. 결국 돈이 권력이 되는 세상이 도래한 것입니다.

　다른 무엇보다도 재물이 중요한 세상, 사회 정의도, 벗과의 사귐도, 형제 간의 우애도 돈 앞에서 무너지는 세상. 아마도 이런 분위기 속에서 형제를 내팽개치는 '놀보'라는 캐릭터가 만들어지지 않았을까요? 『흥보전』을 감상하며 금전이 만연한 당대의 사회 현실을 살펴봅시다. ●

이야기 속으로

『흥보전』

충청도와 전라도, 경상도가 맞붙은 곳에 놀보와 흥보 형제가 살았다. 두 사람은 한 부모에게서 자랐지만 성품이 너무나 달랐다. 형 놀보는 오장 육부 말고도 심술보를 하나 더 가지고 태어난 것 같았다. 술 잘 먹고, 욕 잘하고, 초상난 집에 가서 춤추고, 불난 집에 부채질하고, 애 밴 여자 배를 차고, 우는 아이 똥 먹이는 등 야단스럽게 심술을 부렸다. 이웃 사람들은 이놈 심술이 어디로 튈지 늘 조마조마했다. 하지만 심술궂은 놀보라도 제 것에는 늘 알뜰했다. 논에 수시로 물을 대어 벼를 심고, 밭에는 수수, 기장, 목화를 심고, 황토밭에는 고구마를 심었다. 온갖 잡곡을 심어 때맞추어 거두어들이니 온 집에 곡식이 가득했다.

한편 흥보는 형과는 딴판이었다. 부지런히 돈 벌 궁리만 하는 놀보와 달리 흥보는 책에만 묻혀 살았다. 마음씨도 고운 흥보는 굶주린 사람에게 자기 먹을 밥을 주고 아이가 울면 부모를 찾아 주고 어려운 처지에 놓인 사람들을 두루 살펴 주었다.

부모가 모두 돌아가시자 놀보는 이제 모든 재산은 자기 차지가 되었으니 흥보를 쫓아내야겠다고 마음먹었다.

"이놈 흥보야, 본래 형제라는 것은 어려서는 같이 살되, 가정을 이룬 후에는 각기 살아가는 것이 떳떳한 법이다. 게다가 우리 집 살림살이는 내가 다 장만하고 넌 허구한 날 책만 읽었으니 지금 당장 처자식을 데리고 나가서 살거라."

"아이고 형님, 웬 말씀이오? 제 신세는 그렇다 치고 어린 자식은 무엇을 먹고살라고요."

"네 이놈! 하찮은 일이라도 열심히 해 봐라. 금방 부자가 될 테니. 앞으로 대문 안에 들어서기만 해 봐. 네놈 다리몽둥이를 분질러 놓을 테다, 이놈!"

쫓겨난 흥보 식구들은 이곳저곳을 떠돌다 결국 고향 근처 복덕촌에 자리를 잡았다. 흥보는 마을 사람들에게 사정해서 빈집을 얻었으나 그곳은 지붕이 숭숭 뚫린 움막이나 다름없었다.

흥보는 입에 풀칠이라도 하려고 날품을 팔아 가며 방아 찧기, 삯짐 지기, 김매기 등 온갖 허드렛일을 했고 흥보 아내도 헌 옷을 깁고, 물레질을 하고, 베를 짜고, 남의 빨래를 해 주는 등 몸이 부서져라 일을 했다. 하지만 가난한 형편은 나아지지 않았다. 그래도 자식만큼은 남부럽지 않게 부자여서 한 번에 둘씩, 셋씩 낳아 자식이 스물아홉이나 되었다.

『흥보전』

"여보, 우리는 굶어도 견디지만, 어린것들이야 오죽할까요. 무엇을 좀 얻어다가 죽이라도 쑤어 먹여야 할 텐데요."

흥보 아내가 눈물을 글썽이며 말을 건넸다. 다음 날 흥보는 곡식을 빌릴 수 있을까 하여 관아를 찾아갔다. 하지만 이미 가난한 사람들이 곡식을 모두 빌려 갔다는 말만 들었다. 그때였다. 관아의 아전이 말했다.

"혹시 매는 더러 맞아 보았소? 우리 고을의 김 부자 대신 매를 맞으면 매 값을 준다고 하오. 한 대에 세 냥씩이니까 삼십 냥 벌이는 될 터인데."

"아니, 매만 맞으면 돈을 준단 말이오? 거 내가 하리다, 내가 하지 뭘, 하하하."

흥보는 돈벌이를 할 수 있다는 생각에 마음이 들떠서 흥겹게 집으로 돌아갔다. 하지만 사정을 알게 된 아내는 한없이 슬퍼하며 절대로 매를 맞지 말라고 했다.

다음 날 흥보는 아내의 눈을 피해서 동헌˙으로 나갔다. 그곳에는 아침부터 죄인들이 엎어져 볼기를 맞고 있었는데 흥보는 그들이 모두 매품 팔러 온 사람인 줄 알고는 자기도 볼기를 까고 문간에 엎드렸다.

"아니, 박 생원 아니시오. 거긴 왜 엎드려 있소?"

"매 맞으러 왔지 뭘 그러나."

흥보는 자기를 알아보는 사령˙˙에게 민망한 듯 대답하였다.

˙동헌 고을의 수령이 일을 맡아보던 건물과 그 주변.
˙˙사령 조선 시대 각 관아에서 심부름하던 사람.

"헛걸음했소그려. 아까 어떤 놈이 박 생원 대신 매를 맞으러 왔다며 곤장 열 대 맞고 돈 삼십 냥 벌써 가지고 떠났소."

매품마저 못 팔게 되자 눈앞이 캄캄해진 흥보는 자루 하나를 짊어지고 곡식을 얻으러 형 놀보의 집으로 향했다. 놀보는 곡식을 얻으러 왔다는 흥보의 말을 듣고는 단단히 혼쭐을 내어야겠다고 생각했다.

"여봐라, 마당쇠야! 곳간 안에 도끼 자루 만들려던 박달나무 몽둥이 있지? 그 몽둥이 어서 가져오고 대문 닫아걸어라. 이놈! 흥보야, 사람이 저마다 타고난 복대로 사는 것이지 내가 네 복을 뺏어갔느냐? 어디서 생떼를 쓰는 거냐."

놀보는 몽둥이로 흥보를 매질하기 시작했고 흥보는 견디다 못해 안채로 뛰어들어 갔다. 그러자 안채에 있던 놀보의 아내가 흥보를 나무라며 밥주걱으로 흥보의 뺨을 후려쳤다.

결국 형에게서 아무것도 얻어 오지 못한 흥보는 아내를 끌어안고 통곡을 했다. 그때 마침 한 스님이 흥보네 집 근처를 지나고 있었다. 스님은 시주를 받으러 찾아왔다가 흥보네 딱한 사정을 알고는 좋은 집터를 잡아 주고 갔다. 흥보네 가족은 살던 움막을 뜯어 스님이 잡아 준 집터에 수숫대로 집을 짓고 살았다. 신기하게도 그 이후부터 흥보네 사정은 조금씩 나아지기 시작했다.

겨울이 가고 봄이 왔다. 흥보네 집 처마에는 제비 한 쌍이 날아들어 둥지를 짓고 새끼를 쳤다. 그러던 어느 날 구렁이가 들어와 제비 새끼를

『흥보전』
175

잡아먹고 있었다.

"이 흉악한 놈! 어떻게 가난한 집에 찾아와 죄 없는 제비 새끼를 꿀꺽한단 말이냐!"

흥보는 서둘러 구렁이를 쫓아냈지만 겨우 새끼 한 마리만 구할 수 있었다. 그런데 남은 새끼 제비도 날개를 퍼덕이다 발목이 부러졌다. 흥보는 안타까운 마음에 명주실로 다친 다리를 동여매 주었다.

가을이 되어 강남으로 돌아간 제비는 제비 왕에게 사연을 말하고 박씨 하나를 얻어 이듬해에 흥보네를 다시 찾았다. 흥보는 제비가 전해 준 박씨를 심었는데 거기서 북통처럼 커다란 박이 열렸다.

때는 팔월 한가위. 남들이 온갖 음식을 즐기는 동안 흥보는 박속이라도 끓여 먹으려고 박을 놓고 타기 시작했다. 박이 너무 커서 흥보네 부부는 마주 서서 노래하며 톱질을 했다.

스르렁 슬근 당겨 주오, 어기어라 톱질이야
몹쓸 놈의 팔자, 원수의 가난이구나
이 박을 타거든 더도 말고 덜도 말고 밥 한 통만 나오너라
그 밥에 평생에 한이 맺혔구나!

드디어 박이 하나둘씩 쪼개지는데, 그 안에서 쌀이 가득 들어 있는 쌀궤와 돈이 든 돈궤, 귀한 약들과 비단이 쏟아져 나왔다. 또 사람들이 몰려나와 대궐 같은 기와집을 지어 냈다. 이후로 흥보는 누구도 부럽지 않

『흥보전』

은 부자가 되었다.

　　얼씨구나 좋을시고 절씨구나 좋을시고

　　돈 보아라 돈 좋다 돈 보아라

　　야! 이놈의 돈아! 어디 갔다가 이제 오느냐?

　　어화 세상 사람들아, 가난한 사람 괄시 말자

　　흥보가 부자가 될 줄 그 누가 알았으리

　　불쌍하고 가난한 사람들아, 흥보를 찾아오소

　　얼씨구나 좋을시고

　한편 흥보가 갑자기 부자가 되었다는 소문을 듣고 놀보는 샘이 나서 배가 아팠다. 놀보는 흥보가 제비 덕분에 부자가 된 것을 알고 멀쩡한 제비 다리를 부러뜨리고 물고기 껍질로 감아 주었다. 이듬해 봄, 놀보는 박씨를 받았고 놀보의 뜻대로 커다란 박통이 열렸다.

　하지만 박이 열릴 때마다 그곳에는 빚 받으러 온 노인, 거지 떼, 사당 패들이 나와서 오히려 놀보에게 돈을 챙겨 갔다. 하루아침에 알거지가 되었지만 놀보는 욕심을 버리지 못한 채 마지막 박까지 탔다. 그러자 황금 투구에 갑옷을 입은 대장군이 나타나 놀보의 죄를 낱낱이 일러 주며 목을 부러뜨리겠다고 엄포를 놓았다. 놀보는 그만 기절하고 말았다. 그때 소식을 듣고 나타난 흥보가 장군 앞에 엎드려 빌었다. 흥보의 우애에 감동한 장군은 놀보를 살려 두고 돌아갔다.

정신을 차린 놀보는 흥보에게 진심으로 용서를 빌었다. 그날부터 놀보도 좋은 사람이 되었으며 흥보는 형을 위로하면서 자신의 재산 절반을 나누어 주었다. 이후 두 사람은 한평생을 정답게 살았다. ●

몰락한 양반, 흥보

줄을 잘 서거나, 돈이 많거나

고 기자● 여기는 지금 놀보가 기절해 있는 놀보네 마당입니다. 대장군
이 놀보의 목을 부러뜨리기 직전에 때마침 흥보가 들어와서 다행히
큰일이 나지는 않았습니다. 흥보 씨! 인터뷰 시간 좀 내주시죠.

흥보● 누구신지요? 형님이 아직 정신을 못 차렸는데 어떻게 시간을 내
겠습니까?

고 기자● 저는 선생님이 지닌 깊은 우애와 인간에 대한 사랑에 감동을
받아서 몇 말씀 여쭈려고 온 사람이에요. 흥보 씨는 형님이 밉지 않으
십니까? 흥보 씨를 그렇게 박대했는데 말이죠.

흥보● 아니, 핏줄을 나눈 형제끼리 어찌 미워할 수가 있단 말이오?

고 기자● 두 분은 피를 나눈 친형제가 맞긴 하신가요? 두 분의 처지와
생활이 달라도 너무 다릅니다. 한 분은 공부는 안 하고 돈만 악착같이
밝히는 걸로 봐서 양반이라기보다는 조선 후기에 등장한 부농이나 상
인 계층처럼 보이고, 한 분은 책을 좋아하면서 경제적으로는 곤란한

것으로 보아 몰락한 양반쯤으로 생각되던데요.

흥보● 제 친형이 맞습니다. 말씀하신 것처럼 서로 살아가는 모습이 다르기는 하죠. 사람들이 저를 생원이라 부르는 걸 보아도 알 수 있듯이 우리 집안은 양반 가문이 맞습니다. 물론 제가 몰락한 것도 맞죠. 하지만 어디 저만 망했나요? 요즘은 잘나가던 양반 가문들도 하루아침에 망할 때가 정말 많답니다.

고 기자● 어쩌다 양반들이 몰락한 거죠?

흥보● 줄을 잘못 서다 보면 그렇게 되는 거죠. 정권을 잡은 당파에 속하지 않으면 아무리 능력이 뛰어나도 소용없는 세상이 되었으니까요. 지금은 노론*세상이니 나 같은 사람은 아무리 노력해 봐야 관직에 나서기가 어렵습니다. 자리는 적은데 관직을 원하는 양반은 많으니까요. 권력 있는 사람을 알아 두면 모를까, 능력만으로 출세하기는 어려운 세상입니다. 그러다 보니 나처럼 품을 팔러 다니는 양반들이 하나둘씩 생겨나는 것이죠. 먹고살려면 별수 있겠소.

고 기자● 조선 후기에는 화폐가 만들어져서 상품 경제가 발달하고, 농사짓는 방법도 좋아져서 쌀 생산량도 많이 늘었다고 하던데요. 농사를 대규모로 짓는 부농도 등장했다고 하고요. 살기가 어려워졌다는 게 잘 안 믿어지는데요.

● 노론 조선 후기 집권 세력으로 주요 관직을 독점했다. 대지주와 대상인의 입장을 대변하며 낡은 질서와 기득권을 유지했다는 평가가 일반적이다.

『흥보전』

흥보● 좀 전에 화폐라는 게 상평통보* 말씀이오? 돈이 도니까 물건 사고파는 것이 편해지기는 했지요. 하지만 나처럼 아무것도 없는 사람에게 화폐가 무슨 소용이 있겠어요. 그러고 보니 한때는 돈 한 푼 구경도 못 한 적이 있었어요. 부자들이 화폐를 창고에 그득그득 쌓아 놓고 풀지를 않아서 말이죠. 떠도는 이야기를 들어 보니까 시중에 돈이 없어서 사람들이 마지못해 비싼 이자를 주고 부자들한테 돈을 빌려 쓰는 경우가 종종 있다고 하더라고요. 편리하게 거래하려다가 부자들 좋은 일만 시켰지 뭡니까?

고기자● 저런, 그런데 방금 말씀하신 이야기는 놀보가 재산을 불린 방법이 아니었나요? 놀보가 돈을 쓰지 않고 차곡차곡 창고에 모아 둔 것 같았는데 말이죠.

흥보● 그런 것 같기도 합니다. 형님께서는 남에게 돈이나 양식을 베푼 일도 없고, 또 제대로 거래한 적도 없는 것 같네요. 제가 살면서 가장 서러웠던 일이 새끼들 먹이려고 형님 댁에 쌀을 구하러 갔다가 매만 맞고 왔던 일이었죠.

고기자● 흥보 씨도 마음에 맺힌 게 꽤 많았겠습니다. 지금이라도 복을 받아서 다행입니다. 『흥보전』이 단순히 형제간의 우애를 그리거나 착한 일을 한 사람이 복을 받는다는 권선징악의 주제만을 다룬 것은 아

---

* 상평통보 조선 시대 화폐로 인조 때 유통을 시도했다가 결과가 나빠 유통이 중지되었고, 그 후 숙종 때 다시 제작하여 서울과 서북 일대에서 유통되다가 점차 전국적으로 유통이 확대되었다.

닌 것 같네요. 겉으로는 권선징악이나 충, 효, 열과 같은 유교의 가르침을 전달하는 것 같으면서도 그 안에는 그 시대의 분위기와 민중들의 애환이 고스란히 담겨 있네요.

흥보● 네. 단순히 못된 형과 착한 아우 이야기로만 알려지지 않아서 다행입니다. 형님만 너무 못된 것처럼 알려지면 제가 죄송하죠. 형님도 사회적인 분위기에 적지 않은 영향을 받으셨던 거니까요.

시대가 금전이면 그만인데

고 기자● 아무리 그래도 형님인 놀보는 어쩜 그렇게 친동생을 몰인정하게 내쫓을 수 있었을까요?

흥보● 사실 형님이 화를 내실 만도 해요. 형님은 부지런히 일해서 재산을 불리고 있는데, 저는 일은 하지 않고 책만 읽었거든요. 저는 돈을 벌기보다는 어려운 사람들을 돕는 일에 더 마음이 갔습니다. 그 모습이 형님에게는 어설픈 양반 노릇처럼 보였을 것 같더라고요. 명분이나 의리만 지키면서 실질은 중요하게 생각하지 않았으니까요. 좋은 소리는 제가 듣고 못된 소리는 형님만 듣는 것처럼 느끼셨을 거예요. 기분이 상하실 만하죠.

고 기자● 그래도 형님이 재산을 독차지하고 동생을 빈손으로 내쫓은 것은 너무 심한 것 아닌가요? 어째서 그때 더 저항하지 않으셨나요?

흥보● 지금 와서 생각하면 그렇죠. 하지만 그때는 형님이 요구하는 게 당연하다고 생각했어요. 부모님이 물려주신 재산이기는 했지만 사실

『흥보전』

부모님 살아 계실 때에도 재산을 불린 것은 형님이었으니까요. 그리고 부모님이 물려주신 재산은 어차피 장남에게 돌아가는 거니까 재산은 형님이 받아야 한다고 생각했습니다. 물론 조금이라도 나누어 주셨다면 좋았겠지요.

고기자● 흥보 씨도 부모님 재산을 상속받을 권리가 있지 않나요? 부모님 재산은 공평하게 반씩 나누는 게 합리적일 것 같은데요.『경국대전』에도 자녀 균분 상속 제도˙가 원칙으로 쓰여 있었다고 들었거든요.

흥보● 그게 예전에는 그렇게 했다고 하더라고요. 하지만 17세기 이후부터는 부모님 재산을 장남 위주로 상속하는 게 흔했어요. 큰아들이 집안의 제사며, 문중의 여러 일들을 살펴야 했기 때문에 부모님 재산이 큰아들 몫으로 돌아가게 된 거죠.

고기자● 그렇군요. 조금 생뚱맞은 질문을 하나 해 볼게요. 형님인 놀보 씨가 평소 가장 중요하게 생각하는 것이 무엇이었을까요? 역시 돈이었을까요?

흥보● 돈이 최고라는 사회의 분위기가 있었으니까요. 사실 형님은 저처럼 책을 읽거나 학문을 했던 것이 아니었어요. 돈만 있으면 양반도 사고, 관직도 사는 시대였기 때문에 돈을 최고로 생각하신 거죠. 혹시 납속이라고 들어 보셨나요? 국가에 재물을 바치면 면천˙˙을 시켜 주거나, 군역을 면제해 주기도 하고, 심지어 관직까지도 내리는 제도거

˙ 자녀 균분 상속 제도 자녀가 똑같이 재산을 나눠서 상속받는 제도.
˙˙ 면천 천민의 신분을 면하고 평민이 됨.

든요. 나라 전체가 재물이 최고라고 생각하게 된 거죠. 그러니 수단과 방법을 가리지 않고 돈 버는 것을 최우선으로 하는 사람들이 계속 생겨났죠. 조선 후기에는 백성들이 귀하나 천하나 돈을 쫓아서 살았습니다.

고 기자● 그러고 보니 저도 언젠가 탈춤을 보면서 '시대가 금전이면 그만인데'라는 말을 들었던 것 같기도 해요. 겉으로는 예의가 세상을 움직이는 것 같았는데 알고 보니 돈이 세상을 움직이고 있었군요. 돈이 권력도 만들고 말이죠.

흥보● 박을 타기 전, 제 처지를 생각해 보세요. 양반 노릇은 말할 것도 없고, 집도 없고, 농사지을 땅도 없고, 이곳저곳 떠도는 유랑민이 되거나 산속으로 들어가서 화전민*이 되는 수밖에 없었습니다.

고 기자● 혹시 흥보 씨도 돈이 최고라고 생각하시는 건가요? 흥보 씨는 고귀한 인품을 지닌 분으로 알고 있었는데요.

흥보● 고귀하다니요. 저는 제가 해야 할 도리를 다하는 것뿐입니다. 돈! 좋지요. 박을 타다가 돈이 쏟아지는 것을 보고서 너무 반가워 돈 타령을 부르기도 했는걸요. 하지만 아무리 돈이 많다고 해도 사람다움을 해친다면 그게 다 무슨 소용이 있겠어요. 제 욕심만 채운다면 기절한 놀보 형님을 모른 체하고 우리 재산 우리만 쓰면 되겠지만 그건 사람이 할 짓이 아니죠.

• 화전민 산에 불을 지펴 들풀과 잡목을 태우고 그 자리를 파 일구어 농사를 짓는 사람.

『흥보전』

고 기 자 ● 역시 흥보 씨군요. 그러니까 가장 중요한 것은 돈이 아니라 사람이라는 말씀이시군요. 사람이 쓰려고 돈이 있는 것이지, 사람이 돈 때문에 사는 건 아니니까요. 어! 저기 놀보 형님께서 정신이 드는 것 같은데요. ●

이앙법과 신흥 부자의 출현

조선 후기에는 놀보와 같은 신흥 부자들이 출현했습니다. 임진왜란, 병자호란 같은 큰 전란을 겪으면서 농토도 잃고 인구도 줄었을 텐데 어떻게 부자들이 나타날 수 있었을까요?

물질적인 부를 축적하기 위해서는 가장 먼저 남아도는 재화가 있어야 합니다. 필요한 재화만 생산한다면 쌓아 둘 재산이 생겨날 수가 없죠. 필요 이상의 재화를 만들어서 그것을 팔아야만 부를 축적할 수 있는 것입니다. 따라서 조선 후기에 신흥 부자들이 나타났다는 것은 남아도는 재화가 있었다는 것을 의미합니다. 농업 국가인 조선에서 그 재화는 틀림없이 쌀이었을 것입니다. 갑자기 땅이 늘어난 것도 아닌데 어떻게 쌀 생산량이 증가한 것일까요? 농사짓는 방법이 달라졌기 때문입니다. 조선 후기에는 이앙법, 곧 모내기를 활용한 농사가 보편화되었습니다.

이앙법은 모판에 씨를 뿌려 어린 벼를 자라게 한 뒤, 논에다가 옮겨 심는 방법을 가리킵니다. 이앙법은 논에 직접 씨를 뿌리는 직파법에 비해 탁월한 장점이 있습니다. 우선 벼를 가지런히 심기 때문에 김매기가 쉬워 노동력이 절감됩니다. 또 한 해에 한 땅에서 보리와 벼를 모두 수확할 수 있지요. 보리를 수확한 5월 이후에 모판에서 미리 키워 둔 벼를 옮겨 심는 방식으로 이모작이 가능했습니다. 이앙법으로 인해 적은 노동력으로 좀 더 넓은 땅을 농사짓게 되었고, 생산량도 늘어났으니 필요 이상의 재화가 생산될 수 있었습니다.

사실 이앙법은 조선 후기에 새롭게 만들어진 것이 아니라 오래전부터 존재하던 농사법이었습니다. 흥미로운 것은 조선의 왕들과 신하들이 이앙법을 금지했다는 사실입니다. 여기에는 크게 두 가지 이유가 있었습니다.

우선 이앙법은 물이 많이 필요한 농사법입니다. 지금도 모내기 철이 되면 농민들이 비가 오지 않을까 봐 노심초사할 때가 많지요. 만약 모내기 철에 비가 오지 않으면 한 해 농사를 망칠 수도 있습니다. 이런 위험성 때문에 조정에서는 이앙법을 금지한 것입니다. 둘째, 이앙법이 직파법에 비해서 노동력이 적게 들기 때문입니다. 조정에서는 다수의 양민들이 일자리를 잃을 가능성을 우려했습니다. 양민들이 몰락한다면 세금을 거두어들이는 것이 어려우니 정치인들은 이앙법이 뛰어난 농사법인 줄 알면서도 이를 금지했던 것이죠.

그러나 큰 전란을 겪고 난 후, 이앙법 금지는 예전만큼 엄격하게 이루어지지 않았습니다. 땅을 소유한 이들이 하나둘씩 이앙법을 통해서 예전보다 많은 이익을 취하기 시작하자 너도나도 이앙법으로 농사를 지었습니다. 게다가 가뭄에 대비해서 저수지와 같은 수리 시설들이 곳곳에 들어서면서 논에 물 대는 것도 사정이 나아졌습니다. 노동력이 적게 드니 넓은 땅을 농사짓는 광작이 출현했고 그에 따라 부농들이 나타나기 시작했습니다. 필요 이상의 재화를 생산한 사람들이 물질적인 부를 축적했고 그것으로 새로운 토지를 사들여 더 많은 부를 쌓을 수 있었습니다. 조선 후기 농업은 자급자족을 위한 수준을 넘어 이윤 추구를 위한 영농의 단계로 발전해 나갔습니다.

땅이 없는 양민들은 어떻게 되었을까요? 이들은 이앙법으로 생긴 이익을 나눠 가질 수가 없었죠. 예전보다 필요한 일손은 줄어든 데다 땅을 빌려 농사짓는 것조차 쉽지 않았습니다. 일자리를 구하는 것은 더욱 어려워졌고, 노동의 대가는 줄어들 수밖에 없었죠. 자연스레 조선 후기 농촌 사회에 빈부 격차가 확대됐습니다. 놀보처럼 신흥 부자가 등장하는가 하면 먹고사는 일이 더 어려워진 사람들도 생겨났습니다. ●

고 기자의 추천작

『봉산탈춤』 조선 후기 황해도 지방에서 연희된 탈춤으로 19세기 말에서 20세기 초를 대표하는 민속극이다. 전체 7과장이며 옴니버스식 구성이다. 이 중 6과장인 양반과장은 최하층민인 말뚝이와 취발이가 양반의 허세를 희화화하고 조롱하며 물질을 우선시하는 세태를 보여 준다. 7과장에서는 가부장의 횡포와 처첩 사이의 갈등을 표현하고 있다.

『적성의전』 작자 미상의 소설로 조선 후기에 창작되었을 것으로 추정된다. 부모에게 효를 다하고, 형제의 우애를 강조하는 등 유교적인 내용을 다루면서도 장자 상속 등 사회 제도의 정당성에 문제를 제기한다.

『흥보전』

2

바다에 몸을
던진 소녀

『심청전』

작자 미상

효, 시대에 따라
달라지다 ──

부모를 섬기는 것은 동서양을 떠나 사람이라면 누구나 당연히 지켜야 할 도리라고 생각합니다. 서양의 성서에도 "네 부모를 공경하라."라는 계명이 있고, 동양에서는 늙은 부모를 자식이 업고 가는 모습을 본떠 '효(孝)'라는 글자가 만들어질 정도지요. 시간이 아무리 흘러도 나이 드신 부모님을 애틋하게 생각하는 인간의 마음에는 큰 차이가 없을 것입니다.

하지만 부모님을 어떻게 모시는 것이 바람직한가에 대한 기준은 시대에 따라 달라지기도 합니다. 예를 들면 신라 흥덕왕 때, 손순이라는 사람이 어머니를 보살피려고 자신의 아들을 죽이려 했던 일은 당시에는 아름다운 마음으로 미화되었지만 현재의 관점에서 보면 살인 미수, 아동 학대와 같은 중대 범죄가 될 것입니다. 부모님 상중에 묘소 곁에 움막을 짓고 삼 년 동안 지내는 것, 일명 시묘(侍墓)도 현대 사회에서는 불가능합니다. 부모님이 돌아가신 뒤 삼 년 동안 직장에 나가지 않고 무덤을 지킨다면 그 사람은 해고될 것이 뻔하겠죠.

이뿐만이 아닙니다. 조선 시대에는 단지(斷指), 할고(割股), 조문(蚤蚊) 등 지금으로서는 상상도 할 수 없는 방식으로 효를 실천하기도 했습니다. 단지는 손가락을 잘라서 흐르는 피를 부모님께 마시게 하는 방법이고, 할고는 자신의 허벅지를 베어 내 구워서 먹이는 방법이었습니다. 또 조문은 자신의 몸에 벼룩이나 모기를 유인하여 부모가 편안하게 잠잘 수 있도록 하는 효행이었죠. 조선 후기에는 효행이나 열녀를 기리는 문화가 널리 퍼지게 되었는데 그냥 공양만으로는 효행을 인정받기 어려우니 위와 같은 방법을 통해 경쟁적으로 효행을 실천하기에 이르렀지요.

그러나 가장 납득하기 어려운 것은 부모를 위해 스스로 목숨을 끊는 일입니다. 우리 고전 『심청전』을 감상하며 역사에서 효란 무엇이었는지 살펴봅시다. ●

『심청전』

옛날 황주 도화동에 심학규라는 봉사가 살았다. 본래 심학규의 집안은 대대로 높은 벼슬을 하던 집안이었으나 가세가 기울어 벼슬은커녕 논밭마저 모두 잃고 없었다. 하지만 심학규는 양반의 후손으로 행실이 청렴하고 지조가 곧았다. 그의 아내 곽씨 부인도 어질고 지혜로웠으며 자기 몸을 살피지 않고 음식 만들기, 삯바느질, 떡 찌기, 염색하기, 술 빚기 등 온갖 품을 팔며 남편을 한결같이 보살펴 주었다.

　두 사람에게는 오직 자식 없는 것만 걱정이었다. 심 봉사는 선영*을 볼 낯이 없고 자신들이 죽고 나면 제사 지낼 자식이 없다며 몹시 아쉬워했다. 이에 곽씨 부인이 온갖 치성을 드린 후, 선녀가 품에 안기는 꿈을

---

* 선영(先塋) 조상의 무덤, 또는 그 근처의 땅. 조상을 비유적으로 표현한 말.

구더니 마침내 딸, 청이를 낳았다.

그러나 야속하게도 곽씨 부인은 청이를 낳고 칠 일 만에 세상을 떴다. 심 봉사는 아내의 죽음을 슬퍼하며 이 집 저 집을 떠돌면서 동냥젖을 얻어 먹이며 청이를 키웠다. 심 봉사의 처지를 아는 여인네들은 아기를 받아 젖을 먹이며 말했다.

"여보시오, 봉사님. 어렵게 생각 말고 내일도 오고 모레도 오시오. 설마 이 애를 굶기겠소."

이렇게 동네 부인네들의 도움을 얻어 심청은 자라났다. 덧없는 세월이 흘러 어느덧 일곱 살이 된 심청은 아버지가 예의에 어긋난다며 한사코 만류하는데도 이웃집에 밥을 빌러 다녔고 열다섯이 되자 온갖 일감을 얻어다 스스로 살림을 꾸렸다.

어머니를 쏙 빼닮은 심청은 얼굴도 아름다웠고 효성이 지극하기가 이루 말할 수 없었다. 꽃 중의 모란이고 새 중에 봉황이라는 소문이 인근에 자자했다. 건넛마을 장 승상˙ 부인도 소문을 듣고 심청을 수양딸로 삼고자 했다.

"미천한 저를 딸로 삼으려 하시니 무척 황송합니다. 하지만 앞 못 보는 우리 부친 아침저녁은 누가 공양하오리까? 이 몸은 아버지를 떠날 수 없으니 말씀을 거두어 주십시오."

승상 댁 부인은 심청의 깊은 효심에 감명받아 말을 거두었지만 그 대

• 승상 옛 중국의 벼슬. 우리나라의 정승에 해당한다. 『심청전』의 공간적 배경은 중국이다.

신 모녀의 정을 나누자며 심청에게 비단과 양식을 보내 주었다.

하루는 승상 댁에서 큰 잔치가 있어 청이가 잔치 일을 돕느라 늦게까지 집에 돌아가지 못하고 있었다. 심 봉사는 홀로 배고픔을 견디다 못해 청이를 찾으러 나갔다가 그만 개천에 풍덩 빠져 버렸다. 때마침 그곳을 지나가던 스님이 심 봉사를 구해 주며 공양미 삼백 석을 시주하면 생전에 눈을 뜰 수 있다고 말했다. 심 봉사는 눈을 뜬다는 말에 반가움을 금치 못하고 다른 사정은 생각지도 않고 시주를 하겠노라고 덜컥 약속했다.

집에 돌아온 심 봉사는 약속을 하긴 했지만 쌀 삼백 석을 어찌 마련할까 걱정하다 스스로 기가 막혀 울음을 터뜨렸다. 한창 이렇게 탄식할 때 청이가 돌아와 전후 사정을 듣더니 이렇게 말했다.

"아버지, 걱정 마셔요. 사람에게 지켜야 할 인륜이 있는데 저를 키워 주신 은혜에 당연히 보답해 드려야지요. 아버지가 눈만 뜨신다면 어떻게든 쌀 삼백 석을 마련해 보겠어요."

심청은 그날부터 집 청소를 깨끗이 하고 몸을 씻은 뒤 밤마다 정화수를 떠 놓고 공양미 삼백 석을 구하게 해 달라고 천지신명께 기도를 드렸다.

그러던 중 남경 상인들이 열다섯 살 된 소녀를 산다는 소문이 돌았다. 심청이 그들을 찾아갔다.

"우리는 본래 장사하는 사람인데 배를 타고 멀리까지 다닌다오. 이번에 배로 갈 길에 인당수라는 거칠고 깊은 물이 있어 자칫 몰살을 당할 수 있는데 열다섯 살 처녀를 제물로 바치면 바다도 무사히 건너고 장사도 잘된다고 하오. 몸을 팔 처녀가 있으면 값은 얼마라도 상관없소."

이 말을 듣자마자 심청은 자신의 사정을 말하며 몸을 팔겠다고 말했다. 그러고는 아버지가 걱정하실까 봐 심 봉사에게는 장 승상 댁 수양딸로 가면서 공양미를 얻었고, 그것을 절에 시주했다고 말했다.

아버지와 이별하는 날, 심청은 진수성찬을 차려 놓고 슬픔을 이기지 못하는데 심 봉사는 물색없이 말했다.

"얘야, 간밤에 꿈을 꾸니 네가 큰 수레를 타고 한없이 가는 게 보이더구나. 승상 댁에서 너를 가마 태워 가려나 보구나."

심청은 자기 죽을 꿈인 줄 알고 더 이상 아비를 속일 수 없어 통곡했다.

"아버지, 불효 여식 심청이는 부친 눈을 뜨게 하려고 남경 장사꾼에게 공양미 삼백 석에 몸을 팔았소. 이제 소녀가 죽더라도 아버지 눈 뜨시면 부디 착한 부인 만나 아들딸 낳고 잘 사시오. 아버지!"

심청이가 아비 눈을 뜨게 하려고 몸을 팔았다는 소문은 장 승상 댁에까지 알려졌다. 승상 부인은 쌀 삼백 석을 내줄 테니 상인들과의 거래를 물리라 했지만 심청은 명분 없이 남의 재물을 받을 수 없고, 한번 맺은 약속을 저버릴 수 없다며 마음을 바꾸지 않았다. 이웃들도, 상인들도 모두 심청의 효성에 감복해 홀로 남겨질 심 봉사를 위해 넉넉한 재물을 마련해 주었다. 심청은 어머니 무덤에 마지막 절을 올린 뒤, 통곡하는 아비를 남겨 둔 채 인당수에 몸을 던졌다.

"비나이다, 비나이다. 하느님께 비나이다. 죽는 일은 서럽지 않으나

『심청전』
197

앞 못 보는 우리 부친 하루 빨리 눈 밝게 하시어 광명 천지 보게 하소서. 아버지, 나 죽소! 어서 눈을 뜨옵소서!"

그때 옥황상제가 사해 용왕들에게 심청을 반드시 살려야 한다고 분부했다. 그리하여 인당수에 빠진 심청은 선녀들에게 이끌려 용궁으로 가게 되었다. 심청은 용궁에서 꿈에 그리던 어머니를 만나 편안한 삶을 보냈다. 그리고 삼 년이 지나 커다란 연꽃을 타고 다시 인당수로 떠올랐다.

때마침 남경 상인들은 큰돈을 벌고 고향으로 돌아가던 중이었다. 뱃길에서 커다란 연꽃을 발견한 상인들은 그것을 황제께 바쳤다. 그 시절 황제는 황후를 잃고 시름에 잠긴 채 정원에 온갖 꽃들을 가져다가 마음을 달래고는 했는데 상인들이 가져온 커다란 연꽃을 보고는 무척 반가워했다.

하루는 황제가 깊은 밤 화단을 거니는데 연꽃이 흔들리며 그 안에 아리따운 심청이 있는 것이 드러났다. 황제는 심청을 하늘이 자신에게 베푼 인연이라고 생각해 대신들의 동의를 얻어 얼마 후 심청과 혼인했다.

한편 심청을 잃고 혼자가 된 심 봉사는 뺑덕어멈이라는 못된 성미를 가진 여자와 재혼했다. 이 여인은 생긴 것도 사납고 행실도 고약해서 집안 살림살이를 곶감 빼먹듯 홀짝홀짝 다 빼먹었다. 심 봉사는 그것도 모른 채 지내다가 재산을 다 날렸다. 더 이상 창피해서 도화동에 머물러 살 수 없었던 심 봉사는 이곳저곳을 떠돌며 빌어먹고 살았다.

그러던 어느 날 심 봉사는 황성에서 맹인 잔치를 한다는 소식을 들었

다. 심 봉사는 뺑덕어멈을 앞세워 황성으로 향했지만 뺑덕어멈은 젊은 봉사와 눈이 맞아 달아나 버렸다. 결국 심 봉사 홀로 황성으로 가다가 시냇가에서 옷과 봇짐까지 모조리 도둑맞고 말았다. 다행히 지나가던 관리 일행에게 옷가지를 얻은 심 봉사는 가까스로 황성에 당도했다.

황후가 된 심청은 맹인 잔치를 벌인 뒤 하루하루 맹인들의 명단을 들여다보며 아비 오기를 기다렸다. 그러다 마지막 날, 명단에도 없는 맹인 하나가 우두커니 서 있는 것을 보고 그가 누구인지 물었다.

"황주 도화동에 살던 심학규라고 합니다. 오래전에 아내를 잃고 어린 딸 하나가 있었는데 제 눈을 뜨게 한다고 쌀 삼백 석에 몸을 팔아 인당수에 제물로 빠져 죽었습지요. 자식을 팔아먹은 큰 죄인이니 부디 죽여 주소서."

심 황후는 심 봉사의 모습이 너무나 초췌하여 자신의 아버지인 것도 알아볼 수 없었던 것이다.

"아이고, 아버지! 아직도 눈을 못 뜨셨소? 제가 인당수에 빠져 죽은 청이에요. 아버지, 제발 눈을 떠서 청이를 보소서."

심 봉사는 깜짝 놀라며 자기 딸 청이를 보려는 마음이 간절한데 뜻밖에 두 눈에서 뚜두둑 살이 떨어지는 소리가 나더니 드디어 눈이 활짝 뜨였다.

"얼씨구나 좋을시고! 이런 경사가 또 있을까. 바다 멀리 인당수에서 죽은 딸이 황후가 되고, 내 눈이 먼 지 사십 년이 지났는데 이제 눈을 떴으니 얼씨구나 좋을시고."

심 황후 역시 크게 기뻐하니 황제가 심학규를 부원군*에 봉하고 재물을 후하게 주었다. 또한 뺑덕어멈을 붙잡아 벌을 주니 온 백성이 황제와 황후의 덕을 칭송하며 춤추고 노래하였다. ●

• 부원군 임금의 장인을 일컫는 말.

효녀 심청의 못난 아빠, 심학규

인당수에 굳이 빠진 까닭은?

고 기자 ● 이곳은 맹인 잔치가 이제 막 끝난 황성입니다. 오늘은 마침내 부녀 상봉을 하게 된 심청의 아버지 심학규 씨를 모시고 인터뷰를 진행하겠습니다. 축하합니다! 드디어 따님을 만나셨군요. 먼저 따님 이야기를 몇 가지 묻겠습니다. 제가 가장 이해가 안 되는 것은, 심청이 인당수에 빠진 것인데요. 장 승상 댁 도움을 받았다면 굳이 인당수에 빠지지 않아도 될 것을, 어째서 차가운 바다에 몸을 던졌을까요?

심학규 ● 그게 저도 이해가 잘 안 됩니다. 청이가 제게 왜 그랬을까요? 부모보다 먼저 죽는 일만큼 큰 불효가 어디에 있다고. 그러고 보니 제가 어려서부터 청이에게 너무 자주 오륜*을 강조했던 것은 아닌지 반성이 들더군요. 청이 너를 낳은 까닭은 선영을 지키고 제사를 잘 지내

---

* 오륜 유교에서 말하는 다섯 가지 기본적 실천 덕목. 부모와 자식, 임금과 신하, 남편과 아내, 어른과 아이, 친구 사이의 관계에 지켜야 할 친(親)·의(義)·별(別)·서(序)·신(信)을 의미한다.

도록 하기 위한 거라고 입버릇처럼 말하곤 했는데 그게 아이의 마음 속에 굳어졌는지 모르겠네요. 『주자가례』라든가 『삼강행실도』 같은 책들을 보면 자기를 희생해 부모에게 효를 다한 이야기가 많지 않습니까? 아이가 그런 이야기를 하도 들어서 그랬는지 자기 한 몸 아낄 줄을 몰랐나 봐요. 에잇, 지금 생각해 보니 유교라는 게 잘못하면 멀쩡한 사람을 잡을 수도 있겠다는 생각이 드네요. 나부터도 유교의 가르침을 한 번도 의심하지 않았는데 어린 청이는 아비가 하는 말을 곧이곧대로 다 들었겠죠.

고 기자 ● 심청이 유교 윤리에 사로잡혀 그릇된 선택을 했다는 거죠? 어릴 때부터 줄곧 효를 다해야 한다고 들었다면 그럴 만도 하겠습니다. 일리 있는 말씀이에요. 하지만 만약 그것뿐이었다면 심청이 인당수에 빠질 때 두려움에 떨면서 주저하지는 않았을 것 같은데요. 심청은 인당수 푸른 바닷물 앞에서 분명히 죽음을 두려워했거든요.

심학규 ● 얼마나 떨었을까요? 불쌍한 것. 말씀을 듣고 보니 꼭 유교 때문이라고 할 수만은 없을 것 같습니다. 유교의 가르침대로 효를 다하려고 했다면 차라리 욕을 조금 먹더라도 장 승상 댁 도움을 받고 남경 상인들과의 약속을 깨뜨려도 되었을 텐데요. 그렇게 해도 먹고사는 데에 아무 지장이 없었을 테니까요. 아, 그러고 보니 청이 말이 생각이 납니다. 청이는 무슨 일이든 스스로 해결하려는 의지가 매우 강한 아이였어요. 아주 어릴 때를 제외하고는 남의 도움을 받지 않고 부지런히 일해 저를 부양했으니까요. 열다섯 살부터 품삯을 받으며 일

『심청전』

했다니까요. 이웃에 폐를 끼치는 것도 싫어했고 남들에게 손가락질당하는 동냥질은 더욱 질색했죠.

고 기자 ● 그것이 승상 댁의 도움을 거절한 동기는 되겠네요. 하지만 죽는 행위까지 주체적으로 선택했다고 보기에는 무리가 있지 않을까요? 혹시 심학규 씨를 봉양하는 것이 너무 힘들고 지쳐서 극단적인 선택을 한 것은 아니었을까요? 솔직히 아비를 부양하는 게 어린 심청에게는 대단히 어려운 일이었을 테니까요. 공양미 삼백 석으로 눈을 뜨겠다는 심학규 씨의 욕심도 딸의 마음을 더욱 부담스럽게 했겠죠.

심학규 ● 뭐라고요? 이거 너무 심한 질문 아닙니까? 우리 청이를 어떻게 보고. 청이가 나한테 얼마나 끔찍하게 잘했는데 그런 말 같지도 않은 질문을 하는 거요?

고 기자 ● 불쾌했다면 죄송합니다. 하지만 생각해 보면 심청이 다시 살아났을 때, 어째서 곧장 집으로 돌아가지 않았던 걸까요? 또 어떻게든 사람을 시켜 아버지를 찾을 생각을 하는 대신 아버지더러 잔치에 오라고 하는 것도 납득이 안 되고요.

심학규 ● 그야 내가 뺑덕어멈에게 속아서 재산 다 날리고 다른 곳으로 거처를 옮겨서 그렇지요. 우리 딸이 나를 안 찾았겠소? 그리고 황후가 된 몸으로 어떻게 이곳저곳을 함부로 나다닐 수 있었겠소. 그리고 청이가 날 버렸다면 맹인 잔치를 했을 까닭이 없잖소?

고 기자 ● 듣고 보니 그러네요. 하지만 어떤 이들은 심청이 심학규 씨를 부양하는 것에 몸과 마음이 지친 데다 강요된 효를 더 이상 실천하지 않기 위해서 인당수에 몸을 던졌을 거라고 해석하기도 한답니다. 다시 살아난 심청은 인당수 이전의 심청과 달리 전혀 다른 신분과 지위 속에서 새롭게 살아가고 있으니까 말이죠.

심학규● 아무리 그래도 내 딸 청이는 세상에 둘도 없는 효녀요. 아무렴.

눈만 먼 게 아니었군

고기자● 이번에는 심학규 씨 본인 이야기를 묻겠습니다. 예전에 눈이 멀었을 때의 심정을 잠시 말씀해 주실 수 있을까요?

심학규● 네. 다시 눈을 떴는데 어려울 게 뭐가 있겠어요. 눈이 멀었을 때는 정말 앞이 막막했죠. 단순히 시력만 잃은 게 아니었어요. 글을 읽지 못하니 과거도 못 보고, 어려서 배운 기술도 없으니 돈을 벌 수도 없었죠. 사회적 지위도, 경제적인 능력도 잃고 나니 너무 창피하고 부끄러웠지요. 아내 덕에, 그리고 자식 덕에 겨우겨우 목숨만 부지하고 살았으니 가장 체면에 정말 낯을 들고 다닐 수가 없었지요.

고기자● 말씀을 듣다 보니 당시에 비슷한 처지에 놓였던 분들이 떠오르네요. 조선 후기로 가면 심학규 씨처럼 본래는 양반이었는데 사회적 지위도 잃고 경제적으로도 몰락한 분들이 꽤 있었지요. 이렇게 보면 눈을 잃었다는 것은 몰락한 양반의 처지를 비유적으로 표현한 것이라 보아도 큰 무리는 없겠는데요. 이 작품은 배경만 중국일 뿐, 사실 조선 후기를 시대적 배경으로 삼고 있으니까요.

심학규● 그 말도 일리가 있어요. 제가 살았던 조선 후기는 양반들에게도 출세할 가능성이 별로 없는 시대였습니다. 당쟁이 심해져서 정치 권력을 한번 잃게 되면 가문이 몰락하는 경우가 참 많았죠. 게다가 노론 일파가 정권을 장악하고 난 후로는 그쪽 당파 사람들만 관직에 오를 수 있어서 많은 양반들이 마치 눈먼 장님처럼 경제적으로, 사회적으로 어려움을 겪으며 살았지요. 저희 집안도 본래 대대로 높은 벼슬을 하던 가문이었는데 몰락해 버리고 말았지요.

고 기자● 그렇다면 눈을 뜨려고 했던 욕망이 단순히 세상을 보고 싶어서만은 아니었겠는데요?

심학규● 당연한 거 아닙니까? 눈을 뜨기만 하면, 일도 하고 공부도 새로 해서 출세도 하고, 잃었던 가문의 영광도 되찾겠다고 생각했지요. 새로 장가도 들어서 아이도 낳고 가장 체면을 제대로 세워 보려고 했답니다. 딸한테 아비 노릇도 톡톡히 하고 말입니다.

고 기자● 이번에는 화제를 돌려서 뺑덕어멈에 대한 이야기를 해 보지요. 어째서 그렇게 탐욕스럽고 몰지각한 여자를 택하셨나요?

심학규● 그것도 다 내가 눈이 멀어서 그런 거 아니오. 제대로 판단을 내릴 수가 있어야지. 사실 공양미 삼백 석에 눈을 뜨게 해 주겠다던 시주승의 말을 곧이곧대로 들은 것도 다 내 실수죠. 망령이 났었는지 그때 왜 그렇게 생각이 짧았는지 몰라요.

고 기자● 죄송한 말씀인데 눈이 먼 것은 사회적, 경제적 지위만 추락한 게 아니라 판단력까지 흐릿한 지경에 이른 것을 비유한다고 볼 수 있겠는데요. 몰락한 양반들이 다시 살아 보겠다는 건강한 정신을 회복하지 못해 파멸에 이르렀다고 볼 수도 있을까요?

심학규● 말씀이 지나치신 거 같은데 아니라고는 말할 수 없군요. 왜 이렇게 날 창피 줍니까?

고기자● 죄송합니다. 끝으로 '학규'라는 이름의 뜻을 알려 주시면 감사하겠습니다.

심학규● 제 이름은 한자로 '두루미 학(鶴)'에, '홀 규(圭)' 자를 쓰죠. 두루미는 고귀하고 깨끗한 것을 의미하고, 홀은 그 옛날 임금을 정할 때 사용하던, 옥으로 만든 물건입니다. 그러니까 이름만 보면 고귀한 존재라는 뜻입니다. 또 '배울 학(學)'에, '별 규(奎)'를 쓰기도 하는데, 아마 배움으로 크게 이룬다는 의미이지 않을까 싶소. 내가 생각해도 이름은 기가 막히게 좋은데 어째서 여태 그 고생을 했는지 모르겠소. 이제라도 이름처럼 살아갈 수 있겠지. 하하.

고기자● 이름이 반어적이거나 풍자적이라고 생각해도 되겠군요. 하하.

심학규● 아니, 이 사람이 끝까지! ●

『심청전』

조선 후기의 유교와 효도

조선의 통치 이념은 유교였습니다. 유교는 공자, 맹자의 가르침을 기본으로 삼아 만들어진 것입니다. 유교의 핵심은 나라를 통치할 때에 법(法)으로 엄격하게 다스리지 말고 인(仁)으로 다스려야 한다는 것입니다. 법치(法治)가 아니라 덕치(德治)와 예치(禮治)를 중하게 여겼던 것이지요. 그런 까닭에 조선 초부터 나라에서는 『삼강행실도』, 『이륜행실도』, 『주자가례』와 같은 책들을 간행하여 백성들을 교화했습니다. 법이 아니라 예의를 통해서 백성들이 스스로 규칙과 질서를 내면화하도록 했지요.

사람이라면 반드시 지켜야 할 예의 중에 가장 으뜸은 부모 자식 사이의 윤리였습니다. 그것이 가장 근원적이고 견고하며 의심할 수 없는 것이기 때문이죠. 공자가 항상 강조하던 인(仁)도 부모와 자식 사이의 사랑에서 시작해서 형제와 이웃, 국가로 차츰 확대되는 것이었죠. 인이 부모에게 미치면 효(孝)가 되고, 형제에게 미치면 우(友)가 되며, 나라에 미치면 충(忠)이 되는 식이지요. 그러므로 사람이 가장 먼저 배우고 익혀야 할 윤리와 도덕은 부모에 대한 존경심과 사랑이라고 여겨졌습니다. 그

것이 잘 형성되어야 나라에 대한 충성심도 형성될 수 있으니까요.

이렇게 보면 효는 단순히 개인적인 윤리가 아니라 국가의 윤리였다고 볼 수 있습니다. 효를 잘 실천하는 이들은 유교적 가치를 내면화한 존재이자 국가의 지배 이념을 잘 따르는 백성이라고 할 수 있으니까요. 그래서 조선의 지배 계층은 백성에게 효를 강조하며 표창까지 했던 것입니다.

효를 실천하는 방법은 시기에 따라 조금씩 달라졌습니다. 조선 전기에는 대체로『주자가례』의 가르침에 따라, 부모가 살아 계실 때는 예를 다하고 부모가 돌아가신 뒤에는 삼년상을 치르며 평생토록 제사를 모시는 것이 대표적인 효행이었습니다. 그런데 조선 후기에 들어서면 효를 실천하는 것도 경쟁이 되었는지 단지, 할고 등으로 자신의 신체를 훼손하면서까지 효를 실천하는 사람들이 늘어났지요. 전란 때 목숨을 걸고 부모를 지키는 사람들도 이전보다 부쩍 증가했습니다. 단순히 유교적 의례를 실천하는 차원을 넘어 목숨을 걸고 부모를 지켜야만 효자로 인정받을 수가 있었죠.

이것은 그만큼 지배 이념이 강화되었기 때문입니다. 임진왜란, 병자호란과 같은 커다란 전란으로 무너진 사회 질서를 회복하기 위해 기존 질서를 더욱 견고하게 하려는 사대부들의 생각이 효의 실천을 더욱 격렬하게 만들었다고 할 수 있지요.

물론 이 같은 효의 실천 방식에 거리를 둔 시각도 없지는 않았습니다. 고전 소설『채봉감별곡』에는 출세에 눈먼 아버지가 등장합니다. 딸에게

『심청전』

정혼한 자가 있는데도 딸을 고위 관리의 첩으로 시집보내려 하자 딸이 부모를 속이고 달아나지요. 앞서 살펴봤던 『최척전』의 옥영도 어머니의 반대를 무릅쓰고 끝내 자기가 원하는 사람과 혼인을 했지요. 이렇게 보면 당대에도 부모의 뜻을 무조건적으로 수용했던 것은 아니었습니다.

이런 맥락에서 『심청전』에 대해 새로운 해석이 이루어지고 있습니다. 심청이 자기 목숨을 버린 것은 과도하게 효를 실천해야 했던 유교적 질서에 온몸으로 맞서기 위한 것이라고 해석하는 학자들이 있습니다. 승상 댁의 도움을 거절한 채 죽음을 택한 것을 아버지에 대한 부양 의무에서 벗어나겠다는 의미로 해석한 것입니다. 심청이 죽음을 택한 것은 달리 해석하면 가장 큰 불효가 되기도 합니다. 이렇게 볼 때, 조선 후기에는 효를 강력하게 실천해야 한다는 지배적인 논리와 함께, 그에 저항하려는 민중 의식도 조금씩 성장하고 있었다고 할 수 있습니다. ●

고 기자의 추천작

『바리데기』 죽은 영혼을 위로하기 위해 굿판에서 연희된 서사 무가, 즉 이야기 형식으로 부른 노래이다. 바리공주는 일곱 번째 공주로 태어났다는 이유로 버림받았으나 온갖 역경을 이겨 내고 죽은 아버지마저 살린 뒤 무속의 신이 된다. 바리데기는 죽음을 관장하는 저승의 신이면서, 동시에 효녀의 상징이다.

「효녀 지은」 『심청전』의 근원 설화로 신라 시대의 효녀 지은에 관한 설화이다. 홀어머니를 봉양하기 위해 자신을 희생한다는 내용을 담고 있다. 「손순매아」와 함께 대표적인 효행 설화로 손꼽히는 작품이다.

3

이제는 간까지
내어 달라 하네

『토끼전』

작자 미상

현실을 풍자하여
한바탕 웃어 보자 —

조선은 사대부의 나라였습니다. 인과 의에 따라 백성을 사랑하고 의로운 정치를 펼치는 것이 처음 나라를 세울 때 생각한 정신이었지요. 하지만 세월이 흐르고 전란을 겪으면서 그런 정신은 퇴색해 버렸고 개인이나 가문, 혹은 특정한 당파를 위해 권력을 추구하는 일이 흔해졌습니다. 법과 질서가 무너지고 특히 관리를 선발하는 과거 제도가 훼손되면서 관직을 사고파는 일까지 생겼습니다. 돈을 주고 관직에 오른 사람들은 부당한 세금을 거두어들이고 고된 노역을 시키는 등 백성의 고혈을 짜냈습니다. 일부 백성들은 관리들의 횡포에 시달린 나머지 마을을 떠나 산속으로 도망치거나 도적의 무리가 되기도 했습니다. 그중에는 민란을 일으키는 등 격렬히 저항하는 세력도 있었지요.

백성들은 스트레스와 억울함을 풀기 위한 방법도 찾았습니다. 현실에서는 실현되기 어려운 일들을 소설이나 탈춤을 통해 이루면서 즐긴 것이지요. 부패한 관리를 혼쭐내고, 허위의식에 빠진 양반을 조롱하며, 심지어 임금마저 풍자의 대상으로 삼아서 한바탕 웃고 즐기며 현실의 고통을 이겨

냈습니다.

　우리가 알고 있는 『토끼전』도 백성을 핍박하는 권력을 풍자함으로써 백성들에게 통쾌한 마음을 선사해 주는 이야기입니다. 자, 『토끼전』을 함께 읽으며 조선 후기 백성들이 스트레스를 어떻게 날려 버렸는지 살펴보도록 합시다. ●

이야기 속으로

『토끼전』

천하에 큰 바다가 동해, 서해, 남해, 북해가 있고 각각 이를 다스리는 용왕이 있었다. 어느 날 동해 용왕이 병을 얻었는데 모든 약이 쓸모가 없었다. 이에 뛰어난 의사들을 모아서 자신을 진료하게 했는데 그들은 한결같이 이렇게 말했다.

"술은 사람을 미치게 하는 약이요, 색(色)은 사람의 수명을 줄이는 근본입니다. 이제 대왕이 주색*을 과하게 해서 이 지경에 이르렀으니 스스로 지으신 죄로 누구를 원망하겠습니까? 대왕의 병에는 모든 약이 쓸모가 없고 오직 토끼의 생간을 얻어서 드신다면 반드시 효험이 있을 것입니다. 대왕은 물의 신이시고 토끼는 산속의 영물이니 음양이 서로 화합

• 주색 술과 여자를 아울러 이르는 말.

할 것입니다."

용왕은 만조백관*을 모아 놓고 물었다.

"과인의 병에 토끼 생간이 가장 좋다고 하는데 누가 나를 위해 토끼를 잡아 올꼬?"

모두 머뭇거리는 와중에 대장 하나가 나오며 자신이 토끼를 사로잡겠다고 큰소리를 치는데, 그는 꼬리가 여덟 개로 갈라진 문어였다. 그러자 말석에 앉은 한 신하가 크게 외쳐 문어를 꾸짖었다. 그 신하는 집안 대대로 약방의 주부 벼슬을 하고 있어 별 주부라 불리는 자라였다.

"아무리 기골이 장대한들, 사람들이 그대를 보면 잡아다가 잔칫상에 올리거나 술안주로 삼을 텐데 무섭고 두렵지 아니한가? 나는 제갈량처럼 꾀를 써서 토끼를 사로잡아 올 수 있다. 게다가 목을 움츠리고 넓적이 엎드리면 나무하는 목동이나 고기 잡는 어부들이 나를 통 알아보질 못한다."

문어는 할 수 없이 물러났고 별 주부는 토끼 그림을 얻어 육지로 떠났다.

때는 꽃피는 봄날이라 복숭아꽃, 살구꽃이 흐드러져 피어 있고 다람쥐, 노루, 사슴, 고슴도치, 원숭이, 승냥이, 범, 여우 등 온갖 짐승이 뛰놀고 있었다. 그중에 풀잎도 뒤적이고 이리저리 뛰며 뱅뱅 돌고 깡충깡충 뛰노는 짐승이 있는데 그 모습이 수궁에서 가져온 그림과 똑같았다.

• 만조백관 조정의 모든 벼슬아치.

『토끼전』

215

"그대는 토 선생이 아니신가. 나는 본래 수중호걸[*]로 육지의 벗을 얻고자 했는데 오늘 드디어 산중호걸을 만났도다."

"그 누가 날 찾는가? 산이 높고 골짜기 깊어 경치 좋은 이 강산에 날 찾는 이 그 누구신가? 어라, 내가 세상에 나서 인물 구경도 많이 하였는데 그대 같은 박색은 처음이로다. 양반 보고 욕하다가 상투를 잡혔는지 목은 어찌 길고, 기생방에 다니다가 한량^{**}한테 밟혔는지 등은 어찌 넓적한가."

"내 성은 별(鼈)이요 호는 주부(主簿)로다. 등이 넓은 것은 물에 가라앉지 않기 위해서고, 발이 짧은 것은 육지에서 넘어지지 않기 위함이고, 목이 긴 것은 먼 데를 살피기 위해서요."

자라와 토끼는 처음 만나는 순간부터 서로를 잔뜩 경계했다. 스스로를 높이기 위해 한참 동안 고대 중국의 영웅호걸들을 들먹이며 거드름을 피우다가 세상 살아가는 재미로 화제를 바꾸었다. 먼저 토끼가 육지 자랑을 늘어놓았다.

"여기 육지를 살아가는 재미로 말할 것 같으면 그대가 재미가 나서 오줌을 줄줄 쌀 것인데, 하하. 푸른 물 푸른 강에 온갖 꽃들이 우거지고 앵무새, 두견새, 꾀꼬리가 지저귀니 모든 골짜기마다 노랫소리로다. 병 없는 이내 몸, 한가로운 땅 위의 신선이라. 강산의 경치를 즐기는데 누가

• 수중호걸 호걸은 지혜와 용기가 뛰어나고 기개와 풍모가 있는 사람으로, 수중호걸은 바다의 호걸을 가리킨다.
•• 한량 돈 잘 쓰고 잘 노는 사람.

시비를 걸겠는가. 배꽃과 복숭아꽃 흐드러질 때, 동서남북 온갖 미인들이 시냇가에 늘어앉아 있는 것만 봐도 세상 재미는 나만 누리는구나 하노라."

이에 자라는 토끼의 말을 비웃으며 토끼가 처한 여덟 가지 어려움을 이야기했다.

"그깟 자랑하지 마시오. 그대의 어려움을 내가 다 알거든. 동지섣달 추운 날 모든 것이 얼어붙을 때 어디로 가서 살 것이며, 북풍이 불어올 때 어디서 먹을 것을 구할 것인가. 화창한 봄날엔 독수리가 달려들어 바위틈에 숨으려니 가련하고, 더운 여름날 헐떡거리며 샘물을 찾으니 어찌 불쌍하지 않은가. 가을날 열매를 먹다가 매에게 쫓기는 신세에, 총 잘 쏘는 사냥꾼들로부터 도망가야 하고, 숲으로 들어가면 횃불 같은 눈깔을 번득이는 호랑이를 만날 터인데 두렵지 않소? 마지막으로 토 선생을 잡자고 나무하는 아이나 소 먹이는 아이들이 창과 망치를 둘러메고 내달으니 이때는 어쩔 것이오?"

"흥! 남의 상처를 너무 건드리지 마오. 듣는 이도 다 생각이 있는 건데. 그럼 그대의 수궁 재미는 어떠한지 한번 말해 보시오."

"자, 우리 수궁 이야기를 한번 들어 보시오. 눈처럼 하얀 백옥으로 층계를 만들고 형형색색의 산호로 기둥을 세우고 황금으로 기와를 만든 집에서 매일같이 미녀들이 쌍쌍이 춤을 추며 잔치가 끊이질 않는다오. 토 선생! 그대는 어찌하여 어지러운 세상에 처해 있소? 그대가 만일 이 풍진 가득한 세상을 하직하고 나를 따라 수궁에 간다면 아름다운 경치를 즐기고 불사약과 온갖 음식들을 먹게 될 것이오."

"그대의 말이 좋긴 하지만 수궁 고생이 육지 고생보다 더하지 말란 법이 있는가?"

자라는 토끼가 수궁에 따라갈 마음이 있으되 의심을 품자, 토끼를 안심시키기 위해서 수궁에 가게 되면 반드시 공명과 부귀를 이룰 수 있을 것이라고 말했다. 또 자신의 등에 토끼를 태우고 수궁에 갈 것이며 그곳에서 반드시 용왕께 토끼를 천거˙할 것을 다짐했다. 이에 토끼는 크게 기뻐하며 말했다.

"그대의 은혜는 진실로 높구려. 나의 큰아들 놈은 나무하는 아이에게 잡혀갔고 둘째 아이는 사냥개에게 물려 갔다오. 이 원수의 세상 언제 떠날꼬 하던 차에 그대를 만났으니 이는 하늘이 도우심이라."

너구리가 토끼의 욕심을 경계하고 떠나지 말 것을 권했지만 이미 토끼의 마음은 자라에게 기운 뒤였다. 토끼는 마침내 자라의 감언이설˙˙에 속아 그의 등에 올랐다.

이윽고 자라는 토끼를 등에 태우고 수궁으로 들어섰다. 자라는 토끼를 객관˙˙˙에 머물게 한 후, 홀로 궁중으로 들어가 토끼를 유혹해 왔음을 용왕에게 고했다. 그러자 용왕과 신하들은 모두 만세를 부르며 즐거

• 천거 어떤 일을 맡아 할 수 있는 사람을 그 자리에 쓰도록 소개하거나 추천하는 일.
•• 감언이설 귀가 솔깃하도록 남의 비위를 맞추거나 이로운 조건을 내세워 꾀는 말.
••• 객관 고려와 조선 시대에 각 고을에 설치하여 외국 사신이나 다른 곳에서 온 벼슬아치를 대접하고 묵게 하던 숙소.

『토끼전』

워했다. 곧이어 금부도사*가 토끼를 결박하여 용왕 앞으로 데려왔다. 꼼짝없이 죽게 된 토끼는 문득 한 꾀를 생각해 냈다. 토끼는 용왕 앞에서 태연한 척하며 말했다.

"제가 희생하여 용왕님이 낫게 되면 그런 다행이 어디 있겠습니까? 다만 지금 당장 분부를 따를 수 없는 사정이 있어서 안타까울 뿐이옵니다."

"네가 한 번 죽으면 그만이지 여기가 어딘 줄 알고 잔꾀를 부리려는 것이냐?"

"제가 지금 이 마당에 어디로 도망갈 수 있겠나이까? 제 목숨은 이미 용왕님께 달려 있으니 염려 놓으시고 제 말씀을 들어 보십시오."

토끼는 용왕이 고개를 끄덕이는 것을 보고 차분하게 말하기 시작했다.

"소토**의 간은 오래전부터 만병통치약으로 널리 알려져 왔습니다. 사람이나 짐승이나 저를 보기만 하면 앞다투어 간을 나누어 달라고 졸라 대니 몹시 귀찮았지요. 그래서 저는 제 간을 높은 산 깊은 곳에 숨겨 두고 다니옵니다. 자라를 만나던 날도 마침 산속에 간을 빼놓고 나왔는데 자라가 수궁 자랑을 어찌나 하던지 한번 구경이나 가자고 왔으니 제 배 속에는 불행하지만 간이 없습니다. 처음부터 용왕님의 병환을 고칠 생각이었다면 빼놓은 간을 찾아서 왔을 것을."

• 금부도사 조선 시대에 의금부에 속하여 임금의 특명에 따라 중한 죄인을 신문하는 일을 맡아보던 종오품 벼슬.
•• 소토(小兔) 토끼가 자신을 스스로 낮추어 부른 말.

그러고는 공손하던 태도를 바꾸어 화난 얼굴로 자라를 돌아보며 꾸짖었다.

"네 이놈, 자라야! 그대는 어찌 간이 필요하다고 사실대로 말하지 않았느냐!"

토끼의 말을 듣던 용왕이 소리쳤다.

"요망한 토끼 같으니. 네가 감히 누굴 속이려 하느냐? 어찌 간을 빼놓고 다닐 수 있단 말이냐. 간이 없으면 그 즉시 목숨이 끊어지기 마련인 것을. 대체 네놈의 목숨이 몇 개나 되기에 간을 몸 밖으로 꺼냈다 다시 넣었다 한다는 말이냐! 여봐라! 저놈의 배를 당장 갈라 간을 꺼내라. 감히 나를 속이려 했으니 죽어도 원망은 못 할 것이다."

용왕의 호통이 쩌렁쩌렁 울리자 졸개들이 토끼를 바닥에 넘어뜨렸다. 그리고 칼을 든 물고기가 덤벼들었는데 토끼는 안색 하나 변하지 않은 채 큰 소리로 껄껄 웃었다.

"용왕께서 제 배를 갈라 간이 있다면 다행이지만 만약 없다면 제 목숨만 억울하게 없어질 뿐, 용왕님 병에는 아무 도움도 되지 않을 것입니다."

용왕은 너무나 침착하고 태연한 토끼의 모습을 보고 혼란에 빠졌다.

'만일 토끼의 말이 사실이라면, 공연히 배만 가르고 간이 없으면 어찌할 것인가.'

토끼는 마음이 흔들리는 용왕에게 또다시 말했다.

"땅 위에 있는 짐승들은 모두 구멍이 둘이어서 대소변을 내보내지만,

토끼에게는 구멍이 하나 더 있어서 그곳으로 간을 내보내나이다. 누구든지 와서 살펴보라 하소서."

졸개들이 다가가 토끼의 엉덩이를 살펴보니 과연 옴폭 파인 곳이 한 군데 더 있었다. 졸개들이 구멍을 자세히 살펴보려 하자 토끼는 참았던 방귀를 푹 뀌었다. 졸개들은 방귀 냄새에 정신이 그만 아득해져 용왕에게 토끼의 구멍이 세 개라고 보고했다.

"참으로 신기하구나. 그대는 간을 넣고 꺼낼 때 어떻게 하는지 자세히 말해 보라."

"간을 꺼낼 때와 다시 넣을 때는, 때와 장소를 가립니다. 햇빛과 달빛, 별의 기운을 쏘이거나 아침 이슬과 저녁 안개를 맞게 할 때도 정해진 법도를 따르지요. 이처럼 지극한 정성을 다하니 저의 간이 좋은 약이 되는 것이옵니다."

마침내 용왕은 속임수에 넘어가 토끼의 비위를 건드릴세라 조심스럽게 말했다.

"토 처사는 나의 실례를 괘념치 말고 과인을 위해 간을 가져오라. 그대의 두터운 은혜는 절대로 저버리지 않을 것이다."

간사하고 영악한 토끼를 믿지 말라는 자라의 충언에도 불구하고 용왕은 다시 자라를 시켜 토끼를 육지로 돌려보냈다. 육지에 오른 토끼가 자라를 비웃으며 말했다.

"하하, 이 미련한 자라야. 오장육부를 어찌 넣었다가 꺼냈다가 하겠느냐. 내 기특한 꾀로 너희를 속인 것이다. 또 용왕의 병이 나와 무슨 관계가 있느냐. 너를 따라 죽을 곳에 다녀왔으니, 너를 죽여야 분이 풀릴 듯하지만 네가 나를 업고 먼 길을 다녀온 수고를 생각해서 살려 둔다. 이제 다시는 망령된 생각을 내지 말아라."

말을 마친 토끼는 소나무 숲 사이로 들어가더니 곧 자취를 감추었다. 한편 자라는 토끼의 간도 없이 어떻게 수궁으로 돌아가야 할지 탄식했다. 이때 한 도인이 자라 앞에 나타났다.

"네 정성이 지극하기에 하늘의 명을 받아 약을 내리니 어서 용왕의 병을 고치게 하라."

자라가 두 번 절하고 약을 받은 뒤, 성명을 물으니 도인은 이 말을 남기고 사라졌다.

"나는 패국 사람 화타˚로다." ●

• 화타 중국 한나라 말기의 의사로 편작과 더불어 명의를 상징하는 인물로 꼽힌다.

어리석은 용왕의 충신, 별 주부

연약한 토끼, 권력을 비웃다

고 기자● 오늘은 『토끼전』의 주인공, 별 주부 자라와의 인터뷰가 예정 되어 있습니다. 사실 『토끼전』은 그 종류가 매우 다양합니다. 『별주부 전』이라고 불리기도 하고, 판소리로는 「수궁가」로 많이 알려져 있죠. 또 「토별가」, 「별토가」도 모두 같은 작품입니다. 그런데 이것들은 이 름만 다른 것이 아니라 내용에도 꽤 많은 차이가 있습니다. "어라, 내 가 읽은 『토끼전』과 다른데?" 이렇게 생각하지 마시고 조금씩 차이가 있다고 생각하며 그 재미를 느껴 보세요. 어, 저기 자라가 다시 물속 으로 들어가려는 참이네요. 별 주부님! 잠시만요.

별 주부● 저는 어서 수궁으로 되돌아가야 한답니다. 제 가족들이 목이 빠지게 기다리고 있거든요.

고 기자● 인터뷰를 하려고 하니 잠시만 시간을 내주시지요. 별 주부께 서 토끼를 수궁으로 데려오셨잖아요. 토끼를 어떻게 설득하셨는지 그 방법을 말씀해 주시겠어요?

별 주부 ● 토끼가 사는 숲속은 위험천만한 곳이죠. 추운 겨울날 굶주림에 시달려야 하고 독수리, 호랑이, 사냥꾼, 아이들까지 토끼를 잡으려고 안달이 났으니까요. 아마 토끼도 숲속이 싫어서 다른 곳으로 도망가고 싶었을지도 모릅니다. 저는 토끼의 약점을 파고들었어요. 숲속과 달리 수궁에는 온갖 보화가 있고 아름다운 여인들과 훌륭한 음식이 있다고 꼬드겼죠. 연약한 이들은 재물 앞에서 흔들리기 마련이거든요.

고 기자 ● 그러니까 토끼의 생활이 어렵다는 점과 토끼의 헛된 욕심을 건드리셨군요. 하기는 요즘 사람들도 물질 앞에서는 마음이 약해지니까요. 그런데 별 주부께서는 토끼를 어떻게 생각하시나요? 한마디로 딱 정리하기가 어려울 것 같은데요.

별 주부 ● 처음 토끼가 절 따라왔을 때는 불쌍한 생각도 들었죠. 사실 말이지 토끼가 얼마나 연약합니까? 아무리 용왕이라고 해도 병 고치겠다고 약한 짐승을 잡아다 죽인다는 게 마음에 많이 걸렸어요. 하지만 저는 용왕의 신하니까요. 그런데 이 토끼란 놈이 꾀를 쓴 거죠. 나 참, 그 말에 용왕이며 대신들이 속아 넘어갔다는 게 창피합니다.

고 기자 ● 토끼가 얄미우셨겠는데요.

별 주부 ● 말도 마시오. 토끼가 한 짓을 생각하면 분통이 터져요. 용왕이 자기를 믿어 주니까 이놈이 자기가 당한 것을 마치 복수라도 하듯이 우리를 능멸했죠. 가장 참을 수 없는 것은 용왕에게 토끼 간을 먹기 전에 자라탕을 먹으면 약효가 더 있다고 거짓말을 한 것이에요. 잘못

『토끼전』

하다가 제가 죽을 뻔했다니까요. 겨우 위기를 모면했지 뭡니까. 약한 짐승이라고만 생각했는데, 큰 낭패를 볼 뻔했습니다.

고 기자● 토끼 입장에서 보면 신나게 복수한 것이라고 볼 수 있겠는데요. 연약한 자신이 절대 권력자를 마음대로 놀렸으니 얼마나 통쾌했을까요.

별 주부● 지금 저를 놀리는 것은 아니죠? 아무튼 토끼를 보니 연약한 짐승이라도 잘못 대했다가는 큰 화를 입을 수 있겠다는 생각이 들었어요.

이익만 쫓는 정치

고 기자● 토끼는 도망쳤지만 화타를 만나 약을 구하셨으니 참 다행이네요. 어찌 되었든 용왕의 병을 고칠 수 있는 약을 구하셨으니 임무를 완수하셨잖아요?

별 주부● 네, 천만다행이죠. 제가 만약 빈손으로 돌아간다면 저는 물론이고 제 가족이 모두 몰살을 당할 테니까요. 용왕도 돌아가실 것이고요.

고 기자● 별 주부의 충성심은 정말 대단하군요. 도대체 용왕의 어떤 점이 이런 충성심을 갖게 만들었을까요?

별 주부● 글쎄요. 저도 왜 제가 이렇게까지 충성을 다하는지는 잘 모르겠습니다. 옛날부터 용왕께 충성하는 것은 신하 된 도리였지요. 또 용왕님께 잘 보여서 출세도 하고 싶고, 권력을 누리면서 떵떵거리고 살고 싶은 마음도 있었지요. 용왕님이 꼭 훌륭해서 그런 것만은 아니에요.

고 기자 ● 아, 그렇군요. 곤란한 질문이 될 수도 있는데 용왕은 어떤 인물인가요? 비밀을 지켜 드릴게요.

별 주부 ● 이건 진짜 비밀입니다. 용왕이 주색에 빠져서 병에 걸렸다는 소문 있죠? 사실이에요. 언젠가 한번은 용왕이 이런 말을 한 적도 있어요. "생각하지 않으려 해도 저절로 생각나는 것은 여자고, 잊으려 해도 잊기 어려운 것은 술이구나."라고요.

고 기자 ● 백성들은 굶주리는데 여자와 술에 빠졌다니 참으로 한심하군요.

별 주부 ● 한심한 게 어디 용왕뿐이겠어요? 용왕의 신하들도 다들 자리 다툼만 일삼고 백성들 생각은 눈곱만큼도 하지 않았어요. 사실 토끼 간을 구하러 가겠다고 선뜻 나서는 신하도 거의 없었죠. 문어야 출세 욕심에 나선 것이고요. 저처럼 말석에 앉은 하급 관리가 바보처럼 나선 거죠.

고 기자 ● 꼭 조선 후기의 모습을 보는 것 같네요. 그 시절에도 신하들이 권력을 두고 서로 당파를 이루어서 자기 당파의 이익만 챙기느라 혈안이 되어 있었죠. 진정으로 왕에게 충성하거나 백성을 보살필 생각을 하기보다 싸움만 일삼았고요. 그래도 별 주부께서는 순수하신 것 같아요. 육지를 두 번이나 다녀오면서 용왕에게 충성을 다했으니.

별 주부 ● 그러면 뭐하나요? 보람이 하나도 없는걸. 제가 그렇게 말렸는데도 토끼를 다시 육지로 내보내고 말았잖아요. 내 말은 안 믿고 교활한 토끼 말만 듣다니 생각할수록 배신감이 드는데요. 어리석은 용왕 같으니. 아, 실수! 이건 정말 실수예요.

고 기자 ● 뭘 그렇게까지 숨기나요? 용왕이 어리석은 것은 누구나 다 아는 사실인데. 이렇게 보니 『토끼전』은 단순히 동물들의 우스운 이야기가 아니라 임금을 풍자하고 권력가들을 비판하는 내용이로군요. 백성들이 이 이야기를 듣다 보면 통쾌한 마음이 절로 들겠어요.

별 주부 ● 에이, 나도 모르겠어요. 내가 왜 이렇게 충성을 해야 하는지. 진짜 토끼 똥이나 갖다 주고 약이라고 속여서 먹일까 봐요.

고 기자 ● 아니, 그럼 우리가 읽은 『토끼전』과 결말이 달라지는데요?

별 주부 ● 아무렴 어때요. 원래 『토끼전』은 하나가 아닌걸요. 정말 토끼 똥을 화타가 직접 준 약이라고 하면 용왕이 환장하면서 받아먹겠지? 하하.

고 기자 ● 그럼 좀 전에 받은 귀한 약은 어쩌시려고요?

별 주부 ● 알 게 뭐요. 나를 손꼽아 기다리는 내 아내랑 나누어 먹으면 그만이지. 나 이만 가오! ●

삼정의 문란, 죽은 사람까지 세금을 내라니!

조선 후기 백성들의 삶은 그야말로 피폐했습니다. 안동 김씨*, 풍양 조씨** 등 특정 가문이 권력을 독점했고, 권력을 쥔 자들은 관직을 팔아 가며 재산을 부풀렸으며, 관직을 산 사람들은 그 권력을 이용해 탐욕을 채워 나갔지요. 세금을 직접 거두어들이는 지방 관리들의 횡포는 더할 나위가 없었어요. 특히 삼정의 문란은 백성을 도탄에 빠뜨리고 국력을 약화시켰습니다.

삼정이란 조선 후기 국가 재정을 확보하기 위한 가장 대표적인 세금 징수 체제인 전정, 군정, 환정을 가리키는 말입니다. 첫 번째로 전정은 현대로 말하면 일종의 소득세입니다. 조선 시대 백성들은 대부분 농민 이었으니 그들의 소득은 대체로 한 해 동안 농사지어 얻은 소출이라고 할 수 있지요. 본래 전정은 토지에 대한 조사와 측량을 바탕으로 일 년

• 안동 김씨 조선 후기 순조, 헌종, 철종 3대 60년에 걸쳐 왕의 외척으로서 조정의 요직을 독점하고 세도 정치를 행했다.
•• 풍양 조씨 조선 헌종 때 세도 정치를 폈던 집안.

동안의 소출을 검사하여 그에 걸맞게 부과하는 세금이었습니다. 하지만 조선 후기로 갈수록 지방 수령들과 토호*의 농간으로 세금이 공정하게 부과되지 못했습니다. 부자들은 관리들과 결탁해 세금을 내지 않은 반면, 힘없는 백성들은 실제 소유하지도 않은 토지에 대해서까지 세금을 내야 했지요. 이를 '백지 징세'라고 합니다. 또 실제 세금보다 몇 배를 징수하여 관리들이 착복하는 경우도 흔했습니다.

두 번째로 군정은 군대를 가는 대신 냈던 세금으로, 베로 냈기 때문에 군포라고 불리었죠. 본래 조선 시대 양인은 모두 군대를 가야 했지만 평상시에는 군인이 그다지 필요치 않으니 국가 재정도 확충할 겸 군포로 군역을 대신하게 했습니다. 하지만 양반은 군포 납부에서 제외된 데다 돈 많은 양인들도 양반의 지위를 돈으로 사서 군역을 면제받으면서 군포를 내지 않는 사람들이 차츰차츰 많아졌습니다. 결국 거두어들이는 군포가 줄어들자 지방 관리들은 당사자가 아닌 그 가족과 이웃에게까지 군포를 징수했고 심지어 젖 먹는 아이와 죽은 사람에게까지 징수했습니다. 토끼의 간이 아니라 벼룩의 간을 내어 먹듯이 백성들을 못살게 굴었던 것이죠. 이러니 힘없는 백성들이 어떻게 살아갈 수 있었겠습니까.

삼정 중에 가장 문란했던 것은 세 번째인 환정입니다. 본래 환정은 보릿고개처럼 식량이 모자란 봄에 농민들에게 식량과 씨앗을 빌려주었다가 가을에 돌려받는 정책이었습니다. 하지만 빌려준 곡식을 못 갚는 경

• 토호 향촌에 거주하며 사회적, 경제적 영향력을 행사하는 세력.

우도 있고 자연적으로 곡식도 줄어들자 빌려준 곡식의 10분의 1을 이자로 받기 시작했지요. 여기까지는 비교적 제도를 잘 운영한 것이었습니다. 그런데 시간이 흘러 관리들이 부패하면서 환정으로 백성들을 핍박하기 시작했습니다. 빌려주는 쌀에는 모래나 겨를 섞어 주고는 갚을 때는 빌려준 곡식의 2분의 1을 이자로 받는 등 횡포가 극심했습니다. 백성들이 거부해도 강제로 환곡을 배부하는 등 그 폐해가 심각했지요.

결국 견디지 못한 백성들은 도적의 무리가 되거나 민란을 일으킬 수밖에 없었습니다. 1811년에는 홍경래의 난이 일어났고, 1862년에는 경상도 진주 지역에서 시작된 민란이 전국적으로 확대되었습니다. ●

고 기자의 추천작

『금수회의록』 구한말 안국선이 지은 우화 소설로 인간의 부도덕성을 풍자한 작품이다. 동물들이 회의를 하는 형식을 빌려서 개화기 때 타락한 인간의 모습을 비판하고 있다. 불효, 무력에 의한 타국 침탈, 탐관오리의 부패, 부부 윤리의 문제에 이르기까지 다양한 주제를 다룬다.

「양반전」 박지원의 소설로 양반 문서를 사고파는 행위를 소재로 삼고 있다. 무능한 양반이 관아에서 환곡을 타다 먹고 갚지 않아서 옥에 갇히자 그 양반을 대신하여 환곡을 갚고 양반 문서를 사려는 부농이 등장한다. 이 과정에서 양반의 부도덕성이 그대로 드러난다.

『토끼전』

4

어화둥둥
내 사랑

『춘향전』

작자 미상

입으로 전하며
함께 만든 이야기 —

조선 시대 가장 뛰어난 연애 소설은 단연 『춘향
전』입니다. 이 소설은 신분이 서로 다른 두 남녀가 사랑에 빠지는 이야기로
실제로는 이루어지기 어려웠던 내용을 담고 있습니다. 조선은 신분제 사회
였고 그러다 보니 혼인도 비슷한 신분끼리 이루어졌으니까요. 조선 시대에
는 남녀가 사랑해서 혼인하기보다 집안의 어른들이 혼인을 결정하는 경우
가 많았습니다.

『춘향전』은 이런 일상적인 틀을 깨뜨린 소설입니다. 명문가의 자제와 기
생의 딸이 서로 사랑하고 결말에 이르러서는 기생의 딸 춘향이 정렬부인이
되지요. 정렬부인은 지조와 정조를 지킨 부녀자에게 나라가 내린 칭호입니
다. 이 모든 일이 실제 조선 사회에서는 상상조차 어려운 일이었습니다. 어
째서 이런 소설이 지어졌고 또 민중들에게 많은 사랑을 받았을까요?

소설은 그 시대의 욕망을 반영하기 마련입니다. 『춘향전』은 조선 후기
에 창작되었으니 조선 후기의 욕망이 반영되어 있겠지요. 『춘향전』은 판소
리 「춘향가」가 널리 사랑받으면서 소설로 기록되었습니다. 특정한 작가가

있는 것이 아니라 민중들의 입에서 입으로 전해지면서 창작되었습니다. 그러니 이야기가 만들어지는 동안 민중들의 욕망이 하나둘씩 쌓여 갔다고 할 수 있지요.

그중 하나만 예를 들자면 탐관오리에 대한 민중의 분노를 떠올릴 수 있습니다. 조선 후기에는 백성의 고혈을 쥐어짜는 관리들이 많았는데,『춘향전』의 마지막 부분에는 부패한 관리들이 어사 출두에 혼쭐이 나는 장면이 그려집니다. 부패한 관리들을 몰아내고 싶은 민중의 욕망이 반영된 것이죠. 『춘향전』을 감상하며 청춘 남녀의 사랑 이야기 속에 담긴 또 다른 민중의 욕망을 확인해 볼까요? ●

『춘향전』

조선 숙종이 나라를 다스릴 때, 전라도 남원에 월매라는 기생이 살았다. 월매는 삼남 지방에서 가장 이름난 기생이었으나 일찍이 기생 일을 그만두고 참판을 지낸 양반 성 씨의 첩이 되어 그 댁에 머물렀다. 월매는 자식을 낳아 기르는 게 소원이었는데 정성껏 기도한 끝에 마침내 딸 춘향을 얻어 누구보다도 귀하게 길렀다.

어느덧 춘향이 열여섯이 되던 해, 오월 단옷날이었다. 남원 부사 아들 이몽룡은 방자를 데리고 봄 경치를 구경하러 광한루에 나갔다가 때마침 그네를 타고 있는 춘향을 보게 되었다.

"얘, 방자야, 저 건너 숲속에 오락가락 희뜩희뜩 어른어른하는 게 무엇이냐?"

"기생 월매의 딸 춘향이란 계집이오. 제 어미는 비록 기생이나 춘향이는 어여쁘고 도도하기로 유명하지요. 글씨가 뛰어나고 문장도 갖추었으며 여염집 처자와 다름이 없다고 하더이다."

기생 딸이라는 말에 몽룡은 방자에게 춘향을 당장 대령할 것을 명했다. 방자는 몽룡을 만류했지만 몽룡의 성화에 못 이겨 결국 춘향을 부르러 갔다. 하지만 춘향은 사또 자제가 찾는다는 말에도 순순히 따르지 않았다. 춘향은 딴청을 부리는 체하며 먼발치에서 몽룡을 바라보았다. 몽룡은 의젓하고 사내다운 기개와 군자의 기품을 지니고 있었다. 나이는 어려 보였으나 선비의 기운이 감돌았다.

춘향의 퇴짜를 맞은 몽룡은 방자를 다시 불러 춘향이 기생이라 부른 것이 아니라 문장을 잘한다기에 부른 것이라고 말을 바꾸어 전하게 했다. 이 말을 전해 듣고 춘향은 마음이 풀렸으나 몽룡에게 가지는 않고 자기 집으로 돌아갔다.

춘향을 만나지 못한 몽룡은 애가 탔다. 밥상을 받아도 밥 생각이 나지 않았다. 자리에 누우면 광한루의 일이 떠올라 춘향을 마주하는 듯했는데 눈을 뜨면 사라지니 안타까움이 더했다. 몽룡은 더는 참지 못하여 방자를 통해 춘향에게 편지를 보냈다. 춘향의 답장을 기다리는 내내 몽룡은 간절한 그리움에 빠졌다. 책을 읽을 때에도 머릿속에서 춘향이 떠나지 않아 엉터리 낭독이 이어지곤 했다.

『주역』을 읽을 때는 "이 코, 저 코, 춘향 코, 춘향 코는 내 코, 내 코에 대면 좋을 코."라고 읊고, 『맹자』를 읽을 때는 "맹자께서 양혜왕을 뵐 때, 뵙는데, 볼라치면 춘향을 보아야지, 춘향이 보고 싶다."라고 읽었다.

『춘향전』

또 『대학』을 낭독할 때에도 "대학의 위대한 도는 춘향한테 있고, 춘향한테 달렸고, 춘향이 빛내고……."라고 읽었다. 그러던 중 마침내 춘향에게서 보름날 찾아오라는 답이 왔다.

약속한 보름이 되어 몽룡은 한밤중에 춘향 집으로 향했다. 몽룡은 춘향을 보자마자 서로 좋은 인연을 맺어 보자는 말을 건넸다. 그러자 춘향이 답했다.

"저는 비록 천한 신분이지만 열녀는 두 남편을 따르지 않는다는 말씀을 늘 가슴속에 간직하고 있습니다. 도련님은 양반이고 저는 천한 신분이니 한번 정을 나눈 뒤 버림받으면 저는 홀로 평생을 살아야 한답니다. 그러니 잠시 머물다 돌아가시지요."

"나는 서울에서 나고 자라 어여쁜 여인들을 많이 보았지만 너 같은 인물과 몸가짐은 본 적이 없구나. 아무리 생각해도 나는 너와 인연이지 싶다. 너 없이 내가 살 수 없고, 나 없이는 너도 못 살 것 같으니, 나 살아야 너도 살고 너 살아야 나도 산다."

몽룡의 간절한 말에 춘향도 마음이 흔들리기 시작했다.

"그럼 불망기˚라도 써 주실 수 있는지요?"

"당연히 써 주마. 사내가 뱉은 말은 천금보다 무거운 법이다."

몽룡은 정색을 한 뒤, 춘향에게 불망기를 써 주었다.

• 불망기(不忘記) 뒷날에 잊지 않기 위하여 적어 놓은 글이나 문서.

뒤늦게 춘향의 어머니 월매가 나타나 훗날 양반에게 버림받을 일을 걱정하며 두 사람을 말렸지만 결국에는 둘의 사랑을 허락했다.

그날 밤 몽룡과 춘향은 백년언약을 맺은 뒤 사랑놀이에 흠뻑 빠져 행복한 시간을 보냈다. 몽룡은 흥에 겨워 사랑 노래가 절로 나왔다.

사랑 사랑 내 사랑이야
이리 보아도 내 사랑
저리 보아도 내 사랑
어화둥둥 내 사랑
네가 무엇을 먹으려느냐
수박을 주랴 오이를 주랴 참외를 주랴
허물없는 우리 사랑
죽은 뒤에도 남을 사랑
사람살이 마치면 원앙 되어
한 쌍이 되어 날아 보자
너는 죽어 해당화 되고
나는 죽어 나비가 되어
봄바람 불 때 함께 놀자꾸나

두 사람의 사랑이 한창 무르익은 무렵, 몽룡의 아버지는 서울에서 동부승지*로 임명되었다는 교지를 받았다. 집안의 경사였지만 몽룡은 마냥 좋아할 수 없었다. 아버지의 서울 벼슬길이 기뻤지만 자기도 함께 서울로 떠나야 한다는 사실에 마음 한구석이 답답하였다. 몽룡은 사랑하는 춘향을 두고 떠나야 한다는 사실에 급기야 눈물을 흘렸다.

"애고, 이게 웬일이오, 사또 꾸중을 들으셨소? 점잖으신 도련님이 이게 웬일이오?"

춘향이 물었다.

"아니다, 그게 아니야. 사또께옵서 동부승지에 올라 서울로 가신단다. 너를 버리고 갈 터이니 내 아니 답답하냐."

"언제는 남원 땅에서 평생 살 것으로 알았소? 도련님 먼저 올라가시면 나는 여기서 정리하고 추후에 올라갈 것이니 아무 걱정 마시오. 높은 벼슬 오르실 때, 날 데려가 주오."

"그게 될 말이냐. 어머님께 여쭈었더니 양반 자식이 시골에 내려왔다가 기생첩을 데려갔다간 벼슬길도 막힌다 야단을 치시더구나. 우리 이제 이별할 수밖에 없겠다."

"아이고, 이게 웬 말이오. 무엇이 어째? 여보 도련님, 춘향 몸이 천하다고 함부로 버리셔도 그만인 줄 알지 마오. 모질도다 모질도다 도련님이 모질도다. 독하도다 독하도다 서울 양반 독하도다. 상사로 병이 들어 애통히 죽게 되면 원귀**가 될 것이니, 사람대접 그리 마오."

• 동부승지　조선 시대 승정원에 속한 정삼품 관직. 승정원은 왕명을 전달하는 국왕의 비서 기관으로 동부승지는 승지 중에서 최하위 자리였다.
•• 원귀　생전에 요절·객사·횡사 등으로 원한이 남아서 저승에 들어가지 못한 영혼.

『춘향전』

이별할 수밖에 없다는 말을 들은 춘향은 한바탕 소동을 일으켰고, 몽룡은 하루 바삐 장원 급제하여 춘향을 데려가겠노라 굳은 약속을 했다. 하지만 떠나는 몽룡도, 남게 될 춘향도 좀처럼 이별의 눈물을 거두지 못하였다.

보고지고 보고지고 임의 얼굴 보고지고
듣고지고 듣고지고 임의 소리 듣고지고
귀신의 방해이며 조물주의 시기로다
하루아침 이별하니 어느 날에 만나 보리
애고 애고 내 신세야

춘향과 몽룡이 이별한 후, 수십 일이 지나자 남원에 신관 사또가 부임했는데 그 이름이 변학도였다. 변학도는 문장도 좋고 풍류에도 능했지만 성격이 괴팍하고 때때로 사악하여 덕을 잃고 그릇된 판단을 일삼았다. 오로지 기생에만 관심이 있었는데 남원 고을에 부임한 것도 아름답다고 소문난 춘향을 보기 위해서였다.

변학도는 부임하자마자 다른 일은 제쳐 두고 기생 점고*부터 시작했다. 그런데 아무리 기다려도 춘향이 나오지 않자 그 까닭을 물었다. 이에 아랫사람들이 춘향은 전임 사또 아들 이몽룡과 백년가약을 맺고 수절**

* 기생 점고 관청에 딸려 있는 기생들이 얼마나 되는지, 누가 있는지 점검을 하는 것.
** 수절(守節) 절의를 지킴. 여성에게는 정조를 지킴.

하는 중이라고 전했다.

"이놈들아, 어떤 양반이 엄한 부모 밑에 살면서 혼인도 하기 전에 놀던 계집을 데려가겠느냐. 잔말 말고 춘향을 어서 불러오너라. 만일 지체하면 너희들 모두 잡아 가둘 것이다."

이렇게 춘향이 관아에 불려 오자 변학도는 춘향이에게 수청* 들 것을 요구했다.

"사또 분부 황송하오나, 저는 일부종사를 바라오니 분부를 시행치 못하겠소."

"허어. 네가 진정 열녀로구나. 그런들 무엇하겠느냐. 이 도령은 사대부의 자제로 이미 명문 귀족의 사위가 되었거늘 너를 잠시나마 생각하겠느냐. 그리고 창기로서 마땅히 구관이 떠났으면 신관을 모시는 게 당연한 일 아니더냐."

"충효에도 상하가 있소. 충신은 불사이군이요, 열녀는 불경이부라.** 처분대로 하옵소서."

변학도는 끝내 수청을 들라는 명을 따르지 않는 춘향에게 사또를 조롱하고 거역했다는 누명을 씌워 곤장을 때린 뒤 칼***을 씌워 옥에 가두었다.

---

* 수청(守廳) 아녀자나 기생이 높은 벼슬아치에게 몸을 바쳐 시중을 들던 일.
** 충신은 두 임금을 섬기지 아니하며(不事二君), 열녀는 두 남편을 섬기지 아니한다(不更二夫).
*** 칼 죄인에게 씌우던 형틀. 두껍고 긴 널빤지의 한끝에 구멍을 뚫어 죄인의 목에 끼웠다.

한편 한양으로 떠난 이몽룡은 밤낮으로 공부하여 과거 시험에 장원 급제하여 전라도 암행어사로 임명되었다. 거지꼴로 변장하고 전라도로 내려간 몽룡은 가는 길에 변 사또의 수청을 거절하고 옥에 갇힌 춘향의 소식을 듣고는 늦은 밤 월매를 찾았다.

"그 안에 뉘 있나? 이 서방일세."

"애고 애고 이게 웬일인고. 어디 갔다 이제 와. 바람결에 풍겨 왔는가. 구름 속에 싸여 왔는가. 춘향의 소식 듣고 살리려고 와 계신가. 그런데 이게 웬일인고. 거지가 다 되었구려."

그날 밤 이몽룡은 월매와 함께 옥에 갇힌 춘향이를 보러 갔다. 춘향은 거지꼴로 나타난 이몽룡을 원망하지 않았다.

"여보, 서방님. 내 몸 하나 죽는 것은 서럽지 않지만 서방님 이 지경이 웬일이오. 가련하다 이내 신세 하릴없이 되었구나. 서방님, 내 말씀 들으시오. 내일이 본관 사또 생신이라. 취중에 흥이 나면 나를 올려 목을 칠 것이니, 서방님이 손수 거두어서 선산˙ 발치에 묻어 주고 비문에 수절원사춘향지묘˙˙라 새겨 주오."

이튿날 변학도의 생일을 맞아 남원과 가까운 각 읍 수령들이 모두 남원 관아에 모여들어 잔치를 즐겼다. 몽룡도 거지 차림으로 말석에 앉아 음식을 얻어먹었다. 그러고는 사람들이 들도록 시를 읊었다.

˙ 선산(先山) 조상의 무덤이 있는 산.
˙˙ 수절원사춘향지묘(守節冤死春香之墓) 절개를 지키다가 원한을 품고 죽은 춘향의 묘.

금 술잔 좋은 술은 천 사람의 피요

옥소반 아름다운 안주는 만백성의 기름이라

촛농이 떨어질 때에 백성 눈물 떨어지고

노랫소리 높은 곳에 원망 소리 높구나

몽룡이 시를 읊자 사람들은 이상한 기분이 들어 하나둘씩 빠져나갔다. 그러나 변 사또는 술에 취해 춘향을 올리라는 명을 내렸다. 이때 몽룡이 신호하니 "암행어사, 출두야!"하고 외치며 역졸들이 관아로 몰려들었다.

어사또 이몽룡은 본관 변학도를 파직시키고 옥에 갇혀 있던 죄인들을 하나하나 조사해서 억울한 사람들을 풀어 주었다. 마침내 춘향이의 차례가 되자 이몽룡은 수청을 들면 살려 주겠노라고 말했다. 춘향은 어사또가 몽룡인 줄도 모르고 또다시 절개를 내세웠다.

"내려오는 관장마다 개개이 명관이로구나. 수의사또° 들으시오. 층암절벽 높은 바위 바람 분들 부러지며, 청송녹죽 푸른 나무 눈이 온들 변하리까. 어서 바삐 죽여 주오."

이때 어사또, "얼굴을 들어 나를 보라." 하니 춘향이 고개 들어 대상을 살폈다. 걸객으로 왔던 낭군이 어사또가 되어 있었다. 춘향은 반 웃음 반 울음에 노래를 불렀다.

• 수의사또 어사또를 달리 부르는 말.

『춘향전』

얼씨구나 좋을시고 어사 낭군 좋을시고

남원 읍내 가을 되어 떨어지게 되었더니

객사에 봄이 들어 이화 춘풍 날 살린다

꿈이냐 생시냐

꿈을 깰까 염려로다

이후 춘향은 몽룡을 따라 한양으로 갔다. 몽룡은 더 큰 벼슬을 받았으며 춘향은 정렬부인이 되었다. 춘향과 몽룡은 이후로도 오랫동안 행복한 삶을 살았다. ●

내 사랑은 내가 정한다, 춘향

기생일까, 양반일까?

고 기자● 저는 지금 남원 관아에 나와 있습니다. 오늘은 본관 사또인 변학도의 생일날이어서 관아가 매우 북적거립니다. 조금 뒤 관아 앞뜰에서 기생 월매의 딸 춘향이 본관 사또를 조롱한 죄로 처형될 거라고 합니다. 잔칫날 죄인을 사면해 주지는 못할망정 죽이려 한다니 변학도가 얼마나 사악하고 잔인한 사람인지 알 것 같네요. 잠시 옥으로 가서 춘향 씨와 인터뷰하겠습니다. 안녕하세요, 춘향 씨? 얼굴이 말이 아니시군요. 고생이 많으십니다. 지난번 곤장을 맞아서 장독이 올랐다고 하던데 지금이라도 그냥 사또의 청을 못 이기는 척 받아 주시면 안 될까요? 듣자 하니 몽룡 씨도 거지꼴로 나타났다는데.

춘향● 지아비를 한번 모셨으면 끝까지 섬기는 게 사대부 집 아녀자의 예법인 것을 그대는 모르시오? 죽으면 죽었지 본관 사또 수청은 들지 못하겠소.

고 기자● 춘향 씨가 사대부 집 자식이라고 하지만 엄밀히 말해서 양반

『춘향전』

은 아니잖아요. 노비종모법[*]에 따라서 사람의 신분은 그 어머니의 신분이 무엇이냐에 따라서 결정되는 것으로 압니다. 춘향 씨 어머니 월매 씨가 본래 관청에 소속된 기생이었으니까 춘향 씨도 기생이라고 보는 게 법적으로 맞을 것 같은데요?

춘향● 너무하십니다. 제 출신이 비천한 것은 맞아요. 하지만 제 아버지는 종이품 참판에 오를 만큼 높은 벼슬을 하셨고, 어머니는 기생 일을 일찌감치 그만두시고 아버지만을 모시고 사셨답니다. 법으로 정한 신분은 어쩔 수 없겠지만 저는 아주 어릴 때부터 양반가의 법도를 배우며 자랐어요. 일곱 살 때부터 글을 배웠고 바느질과 그림 그리기 등 양반집 규수가 갖춰야 할 교양을 두루 갖추려고 노력했어요. 지금까지 단 한 번도 부모님 얼굴에 먹칠할 만큼 그릇된 행실을 한 적이 없고요.

고기자● 하지만 광한루에서 그네를 뛰면서 놀던 것은 양반 댁 아녀자의 행실이라고 볼 수는 없을 것 같아요. 아무리 단옷날이라고 해도 너무 자유롭지 않았나 싶어요. 게다가 이몽룡이 한밤중에 찾아왔을 때 밖으로 내치지 않은 것 역시 양반 댁 아녀자의 행동이라고 보기는 어렵지요. 더군다나 이몽룡의 부모님은 전혀 모른 채 정혼까지 했다는 것이 이해되지 않습니다.

춘향● 몽룡 도련님을 쉽게 받아들인 것은 아니에요. 방자가 왔을 때 두

● 노비종모법 조선 시대 노비가 낳은 자식의 신분을 결정하는 데 모계를 따르게 한 법. 조선 후기 양인이 감소하자 도입되었다.

번이나 분명히 거절을 했고, 도련님이 찾아왔을 때에도 거절을 했어요. 하지만 저도 모르게 도련님에 대한 사랑이 생겨난 것을 어찌합니까? 그 순간만큼은 신분의 차이도 잊었고, 부모님도 떠오르질 않았습니다. 그렇지만 열녀로서 한 남자만 따르겠다는 말씀은 분명하게 드렸지요. 출생이 비천하다고 저를 부정적으로만 보지는 마세요.

고 기자 ● 그런 것은 아니지만 춘향 씨를 양반 댁 규수로 보기에는 여전히 무리가 있다는 말씀을 드리려고 했던 거예요. 양반 댁 처자가 갖춰야 할 재덕*을 겸비한 것은 사실이지만 양반 댁 규수치고는 너무 자유분방한 모습도 가끔은 보인다는 말씀을 드리려다 보니…….

춘향 ● 제가 양반 댁 규수가 아니라는 것은 저도 잘 알아요. 몽룡 도련님의 몸종인 방자 녀석도 제게 반말을 하잖아요. 저도 노비종모법을 알고, 제게 기생의 피가 흐른다는 것도 잘 알지요. 그리고 기녀가 조선 땅에서 가장 천한 신분이라는 것도 잘 알고 있어요.

춘향, 자의식에 눈뜨다

고 기자 ● 저는 사실 열녀를 기리는 조선의 문화를 좋게 생각해 본 적이 없어요. 특히 과부에게까지 평생 수절을 강요하는 것은 너무 심하다고 생각했죠. 무엇보다도 홀로된 여성들이 경제적인 어려움을 겪을 것이고 외로움도 견디기 어려울 테니까요. 그래서 저는 열녀는 사대

● 재덕 재주와 덕행을 함께 일컫는 말.

부들이 여성들에게 강요한 억지 이념이라고만 생각했어요. 사랑할 자유마저 억압하는 허위의식이라고 봤죠.

춘향● 그런 면도 있죠. 개가를 한 과부의 경우 자식들 벼슬길도 막아 놓았으니 사회적인 강요 때문에 억지로 수절한 이도 있을 거예요. 하지만 저는 누군가에게 인정받으려고 수절한 게 아니에요. 그저 한 여자로서 다른 평범한 여인들처럼 한 남자만을 사랑하고 싶었을 뿐이에요. 변 사또가 저를 기녀로 대할 때 정말 기분이 나빴습니다. 변 사또가 저를 보통 여인으로 생각했다면 수청을 들라는 요구는 하지 않았을 거예요. 저는 기녀가 아니라 사람답게 살고 싶었어요.

고기자● 사람답게 살려면 옥에 갇혀 고생하다 죽기보다는 변학도의 요구를 받아들이고 물질적으로 넉넉하게 사는 것이 더 낫지 않을까요? 현실적으로 말해서 말입니다. 어차피 기녀는 정절을 굳이 지키지 않아도 되는 유일한 계층이잖아요. 누가 손가락질하지도 않고 말이죠.

춘향● 잘 알고 계시네요. 제가 본관 사또의 수청을 든다고 누군들 비난하겠어요? 하지만 그것은 어디까지나 기녀로서의 삶을 선택했을 때죠. 평생 양반들의 놀잇감으로 살아가고자 한다면 정절을 얼마든지 버릴 수 있어요. 하지만 저는 기녀로 살고 싶은 마음은 추호도 없습니다.

고기자● 양반 여자들에게, 특히 남편을 잃은 과부들에게 정절은 자유로운 사랑과 여유로운 생활을 억압하는 것인 반면에, 기녀에게 정절은 천한 신분에서 벗어나 사람답게 사는 방법이라는 말씀이신가요?

들고 보니 기녀에게 정절은 보통 사람으로 인정받는 기준일 수 있겠다는 생각이 듭니다.

춘향● 이제 제 진심을 아시겠어요? 저는 돈도 싫고, 명예도 싫고, 오로지 사랑하는 사람과 평생을 함께 살고 싶은 마음밖에 없다고요. 신분 따위가 뭐가 그렇게 중요한가요?

고 기자● 알겠습니다. 춘향 씨는 자유와 사랑을 억압하는 신분제를 벗어나 살아가고 싶은 것이네요. 기녀로서 본관 사또를 모셔야 할 의무를 거부하고 평범한 양인처럼 살아가고자 하는 것은 조선 사회를 유지해 온 신분제를 정면으로 거부하는 것인데요. 기존 체제와 질서를 위협하는 위험한 생각이기도 하고요. 그러니 변학도와 같은 지배 계층은 춘향 씨를 그냥 놔둘 수 없겠어요. 춘향 씨의 행동은 당시 지배 체제를 온몸으로 거부한 용감한 행동으로 보이네요.

춘향● 그러면 뭘 하겠어요. 몽룡 도련님은 거지꼴이 되었으니 사또의 명을 거역할 수 없고 그러니 저는 더 이상 살 이유가 없지요. 저에게 남은 선택이 죽음뿐이라면, 그 죽음을 선택하렵니다.

고 기자● 아, 그럼 몽룡 씨에게 선산 발치에 묻어 달라고 했던 것은 죽어서라도 인간다운 지위를 얻고자 하는 마음을 나타낸 것이로군요. 그렇다면 『춘향전』은 젊은이들이 벌인 불장난 이야기나, 조선 시대에 그토록 강조했던 열녀 이야기가 아니라 오히려 신분을 벗어나 자유로운 인간이 되고 싶은 욕망을 다룬 근대적인 소설이라고 볼 수 있겠네요. 어! 밖에 무슨 난리가 난 모양인데요? 암행어사가 출두했대요! ●

『춘향전』

판소리, 민중의 욕망을 대변하다

다음 고전 소설들의 공통점은 무엇일까요? 『춘향전』, 『흥보전』, 『토끼전』, 『심청전』. 정답은 소설이기 이전에 이미 판소리로 널리 알려진 작품이라는 점입니다. 조선 시대 판소리는 아주 인기가 높은 문화 콘텐츠였지요. 지금처럼 영화나 연극, 텔레비전 드라마 등 다양한 이야깃거리나 볼거리가 없던 시절에, 판소리는 드라마이자 공연 예술이었습니다. 소리꾼 한 명, 북 치는 고수 한 명이면 언제 어디서든 공연이 가능했던 판소리는 서민들의 애환과 설움을 달래 주었지요. 판소리는 현재까지 이어져 내려오는 우리나라의 대표적인 전통 예술입니다.

그렇다면 언제부터 판소리를 부르기 시작했을까요? 판소리에 대한 최초의 기록은 충청도 천안에 살던 유진한이 쓴 『만화집』에 나옵니다. 유진한은 민간에 떠도는 춘향가를 200구의 한시로 지어서 이 책에 수록해 놓았는데, 이 사실로 미루어 볼 때 판소리는 적어도 『만화집』이 발간된 영조 시절 이전부터 존재했음을 짐작할 수 있습니다.

그럼 판소리는 누가 불렀을까요? 판소리 공연을 한 번이라도 본 적이 있다면, 소리를 내는 것이 여간 어려운 일이 아니라는 것을 알 것입니다. 이른바 득음의 경지에 이를 만큼 전문적인 훈련을 거쳐야만 소리꾼이 될 수 있으니까요.

조선 시대에 이야기를 가락에 맞춰 부를 수 있도록 전문적인 훈련을 받은 사람은 다름 아닌 무당이었습니다. 그들이 부른 무당의 노래, 일명 무가는 판소리처럼 서사적인 줄거리가 있었죠. 우리의 속담 중에 "굿이나 보고 떡이나 먹지."라는 표현이 있어요. 이 말을 보면 '굿'이 신령스러운 의식이었을 뿐 아니라 사람들이 어울려서 노는 자리의 성격도 지녔다는 것을 알 수 있죠. 따라서 제의의 성격이 약해지고 오락의 성격이 강해진 '굿'이 판소리로 발전했다고 볼 수 있습니다. 판소리의 기원에 관해서는 이 밖에도 다양한 의견이 있지만 대체로 판소리 연구자들은 무당의 노래가 발전하여 판소리가 되었다고 보고 있지요.

판소리는 19세기에 들어와서 크게 성장합니다. 소리꾼의 사설이 사회적 불만이나 민중의 욕구를 반영하여 풍자와 해학이 넘치는 쪽으로 발전했기 때문입니다. 「춘향가」는 기생 춘향이 양반 댁 도령을 사랑하여 신분의 질곡에서 벗어나는 이야기이고, 「수궁가」는 약자인 토끼가 강자인 용왕을 골탕 먹이는 이야기이니 얼마나 통쾌했겠습니까? 「흥보가」와 「심청가」는 선한 심성을 지닌 하층민들이 행복한 결말을 맞이하는 이야기로 당시 서민들의 욕망을 대신 충족해 주었을 것입니다. 요즘의 텔레비전 드라마라든가 영화, 혹은 게임과 그 성격이 크게 다르지 않습니다. 겉으로는 효도, 충성, 우애, 정절 등을 다루고 있지만 속으로는 민중들의 욕망을 투영해 서민들에게 인기를 끌었지요.

흥미롭게도 판소리를 좋아했던 것은 미천한 백성만이 아니었습니다. 양반들도 소리꾼을 불러 판소리를 즐겼지요. 양반임에도 판소리를 잘했다는 권삼득이 대표적입니다. 흥선 대원군은 판소리를 너무나 좋아해서 당시 명창이었던 박만순과 정춘풍에게 벼슬을 내리기도 했다고 합니다.

판소리가 양반에게까지 향유되자, 판소리 사설에 변화가 나타났습니다. 양반들의 요구에 따라 한시라든가, 중국의 고사가 끼어들어 간 것이죠. 판소리에 등장하는 어려운 표현들은 대부분 당시 양반들의 요구에 따라 삽입된 한문 표현에 해당할 것입니다. 이런 까닭에 판소리를 민중 예술로만 볼 수는 없습니다. 그럼에도 불구하고 풍자와 해학의 정신은 사라지지 않고 여전히 계승되고 있으니 그 가치는 현재 진행형입니다. ●

고 기자의 추천작

『운영전』 작자 미상의 소설로 내용상 조선 후기에 창작된 것으로 추정된다. 궁중을 배경으로 한 사랑 이야기다. 꿈을 소재로 액자식 구성을 한 점이 특이하다. 신분적 예속 때문에 사랑을 이루지 못한 점, 사회적 억압에서 탈출하려다가 실패하는 점 등에 주목해 『춘향전』과 비교 감상하면 좋다.

- 김시습『금오신화』, 이지하 역, 민음사 2009.
- 허균『홍길동전』, 김탁환 역, 민음사 2009.
- 조위한『17세기 애정전기소설』, 이상구 역, 월인 1999.
- 작자 미상『박씨전 임장군전 배시황전』, 김기현 역, 고려대학교민족문화연구원 1995.
- 김만중『사씨남정기』, 류준경 역, 문학동네 2014.
- 박지원『열하일기』1~3, 김혈조 역, 돌베개 2009.
- 이옥『완역 이옥전집』2, 실시학사 고전문학연구회 역, 휴머니스트 2009.
- 작자 미상『흥보전·흥보가·옹고집전』, 정충권 편, 문학동네 2010.
- 작자 미상『심청전 전집』1, 김현주, 김진영 편, 박이정 1997.
- 작자 미상『토끼전』, 구인환 편, 신원문화사 2003.
- 작자 미상『춘향전』, 송성욱 역, 민음사 2004.

위의 출전과는 별도로 「심생전」을 제외한 모든 작품을 신원문화사의 '우리고전 다시읽기' 시리즈를 참고해 서술했다. 창비의 '재미있다! 우리 고전' 시리즈의 현대어 구성도 참고했다.

단행본

• 강명관『열녀의 탄생』, 돌베개 2009.

• 강상순『한국 고전소설과 정신분석학』, 고려대학교민족문화연구원 2016.

• 강혜원, 계득성『청소년을 위한 이야기 한국문학사』1~2, 휴머니스트 2012.

• 고미숙 외『고전문학사의 라이벌』, 한겨레출판 2006.

• 김균태 외『한국 고전 소설의 이해』, 박이정 2012.

• 김은정, 류대곤『청소년을 위한 고전문학사』, 미다스북스 2016.

• 김탁환 외『한국 고전 소설의 세계』, 돌베개 2005.

• 노태환, 신병주『고전 소설 속 역사 여행』, 돌베개 2005.

• 민족문학사연구소고전문학분과『한국 고전문학 작가론』, 소명출판 1998.

• 박시백『박시백의 조선왕조실록』1~20, 휴머니스트 2015.

• 신동흔, 고전과출판연구모임『프로이트, 심청을 만나다』, 웅진지식하우스 2010.

• 심재숙『자료로 보는 고전문학과 여성』, 박이정 2015.

• 안대회 편『조선후기 소품문의 실체』, 태학사 2003.

• 이숙인『정절의 역사』, 푸른역사 2014.

• 이정원『전을 범하다』, 웅진지식하우스 2010.

- 이종주『북학파의 인식과 문학』, 태학사 2001.

- 이진경『파격의 고전』, 글항아리 2016.

- 이형대 외『살아 있는 고전문학 교과서』1~3, 휴머니스트 2011.

- 인권환『토끼전·수궁가 연구』, 고려대학교민족문화연구원 2001.

- 임치균『고전소설 오디세이』, 글항아리 2015.

- 조윤민『두 얼굴의 조선사』, 글항아리 2016.

- 한국고전여성문학회 편『조선시대의 열녀 담론』, 월인 2002.

- 한국역사연구회『조선 시대 사람들은 어떻게 살았을까』1~2, 청년사 2005.

- 한형조 외『한국의 고전을 읽는다』2, 휴머니스트 2006.

논문

- 강명관「문체와 국가장치: 정조의 문체반정을 둘러싼 사건들」,『문학과 경계』2집, 2001.

- 강상순「사씨남정기의 적대와 희생의 논리」,『고소설연구』12집, 한국고소설학회 2001.

- 김나영「고전소설에 나타난 변신모티프 구현 양상과 의미」, 성신여자대학교 대학원 박사 학위 논문 2006.

- 김동건「심청전에 나타난 욕망과 윤리의 공존방식」,『판소리 연구』32집, 판소리학회 2011.

- 민영대「17세기 소설문단과 조위한의 최척전」,『한국언어문학』80집, 한국언어문학회 2012.

- 박소현「17세기 중국과 한국의 단편 소설에 나타난 가족의 이산과 재회」,『중국문학』58집, 한국중국어문학회 2009.

- 서지영 「규범과 욕망의 틈새—조선시대 소설 속의 섹슈얼리티」, 『한국고전연구』 15집, 한국고전연구학회 2007.
- 서지영 「조선시대 기녀 섹슈얼리티와 사랑의 담론」, 『한국고전여성문학연구』 5집, 한국고전여성문학회 2002.
- 성연수 「조선조 소설에 나타난 성리학적 가치관: 충, 효, 여성관을 중심으로」, 서강대학교 대학원 석사 학위 논문 2000.
- 안세현 「문체반정을 둘러싼 글쓰기와 문체 논쟁」, 『어문논집』 54집, 민족어문학회 2006.
- 이상구 「홍길동전의 서사전략과 작가의 현실인식」, 『국어교육연구』 52집, 국어교육학회 2013.
- 이정주 「전국지리지를 통해 본 조선시대 충, 효, 열 윤리의 확산 양상」, 『한국사상사학』 28집, 한국사상사학회 2007.
- 이진오 「토끼전에서 용왕의 등장과 배치가 갖는 의미」, 『판소리연구』 36집, 판소리학회 2013.
- 장경남 「'심청전'을 통해 본 부권의 형상」, 『어문학』 76집, 한국어문학회 2002.
- 정선희 「조선후기 여성들의 말과 글 그리고 자기표현」, 『한국고전여성문학연구』 27집, 한국고전여성문학회 2013.
- 최윤오 「흥부전과 조선후기 농민층 분화」, 『역사비평』 57집, 역사비평사 2001.

창비청소년문고 25

허균 씨, 홍길동전은 왜 쓰셨나요?
청소년이 알아야 할 고전 소설 11편

초판 1쇄 발행 • 2017년 6월 23일
초판 4쇄 발행 • 2022년 12월 9일

지은이 • 강영준
펴낸이 • 강일우
책임편집 • 이현선
조판 • 신혜원
펴낸곳 • (주)창비
등록 • 1986년 8월 5일 제85호
주소 • 10881 경기도 파주시 회동길 184
전화 • 031-955-3333
팩시밀리 • 영업 031-955-3399 편집 031-955-3400
홈페이지 • www.changbi.com
전자우편 • ya@changbi.com

ⓒ 강영준 2017
ISBN 978-89-364-5225-4 43810